Ōba Minako

Träume fischen

Roman
Aus dem Japanischen
übertragen von
Bruno Rhyner

Insel Verlag

Originaltitel: *Katachi mo naku*

Im vorliegenden Band werden alle Namen
in ihrer ursprünglichen japanischen Gestalt belassen.
Hierbei steht in der Regel der Familienname
vor dem Vor- oder Schriftstellernamen.

Erste Auflage 1990

Druck: Wagner GmbH, Nördlingen
Printed in Germany

Träume fischen

1

Auf dem weißverschneiten Rain zwischen den Reisfeldern zog eine Leichenprozession dahin. Die ganze Gegend war wie in Silber getaucht, nur das Wasser in den Reisfeldern glänzte schwarz, zwischen den milchfarbenen, weichen Wolken schien die Sonne hervor, und hier und da tanzten blütenweiße Schneeflocken in der Luft.

Vier junge Männer mit strahlenden Gesichtern wie die Führer einer Brautsänfte trugen das Griffbrett mit dem Sarg auf ihren Schultern; einer von ihnen sah aus wie der verstorbene ältere Bruder.

Die etwa zehn Männer und Frauen trugen alle weiße Kimonos und auf dem Kopf ein hutartiges Gebilde aus doppelt gefaltetem, weißem Tuch, hinten gebunden. Wie eine Braut vor der Hochzeit hielt eine junge Frau mit gesenktem Kopf ihre stark karmesinroten Lippen streng geschlossen.

Sie war schlank wie ein Kranich, gut gebaut, und mit ihren energisch-strengen Augen und vollen Backen sah sie aus wie eine Puppe von der Insel Awaji. Das ist ja meine Tochter Maeko, dachte Mayuko, und plötzlich erschienen hinter dem dick aufgetragenen Make-up tiefe Falten. Das Gesicht wurde zum Gesicht der Großmutter, die ihre geschwärzten Zähne zeigte und Mayuko beschimpfte:

»Wie traurig! Alle Wesen wollen leben. Fängt man kleine Vögel, so bleiben einem die Knöchelchen in der Kehle stecken, und man stirbt. Auch dieser Tote hier hat immer nur getötet, als er jung war, nun blieb ihm ein *mochi* im Hals stecken, und er mußte sterben. Schau, in deinem Maul piepst ja ein Fliegenschnäpper!«

Mayuko hielt einen kleinen Vogel im Maul, der piepste und sein Köpfchen wild hin und her bewegte – denn Mayuko war eine Katze.

Mayuko die Katze spie die Federchen aus, die ihr noch im Maul klebten, floh ins Gebüsch, kauerte sich unter einen Manryō-Baum mit unzähligen kleinen roten Früchten und verfolgte verstohlen den Leichenzug.

Die Frauen schlugen die kleinen Glocken in ihren Händen und ließen die Gebetskränze durch die Finger gleiten, die Männer mit ihren weißen, ärmellosen Festkleidern über den Kimonos hielten die Gebetskränze in den geballten Fäusten und gingen feierlich gemessenen Schrittes durch den Schnee. Einige hatten Schneeschuhe an, andere trugen spezielle Holzsandalen für den Schnee. Eine junge Frau führte an den Händen Kinder, die so ausgelassen waren, als ob sie zu einem Fest zögen.

Die Landschaft war wunderbar friedlich, das Sutren-Gemurmel vereinigte sich mit dem Singen der Vögel im verschneiten Wäldchen.

Die Leichenprozession verschwand im weißen Wald, und Mayuko die Katze stürzte sich wie eine Kugel auf den verschneiten Feldweg und folgte ihr.

2

Mayuko dachte an den zusammenhanglosen Traum, und ihr war, als sei dies ihre eigene Beerdigung gewesen. Indes, sie war ja nicht tot gewesen im Traum, sie hatte gelebt. Nur, wo hatte sie diese Beerdigung gesehen? Die leise Ahnung beschlich sie, die Katze gewesen zu sein.
So stirbt es sich vielleicht, dachte sie.
Als sie sich im Bett rekelte, wachte Haku halb auf und murrte:
»Hatte ich einen eigenartigen Traum!«
Mayuko wußte: Erzählt er mir jetzt zuerst seinen Traum, geht mein eigener Traum unweigerlich verloren.
»Menschenknochen hab ich gegessen, im Traum.«
»Wessen Knochen?«
»Tjaa… ich hab sie zu Pulver zerstampft und aufgegessen, meine Magengegend fühlt sich so seltsam an.«
Er streckte den Hals und zuckte so ruckartig mit seinen Achseln. Wie die Katze, welche die Kinder früher aufgezogen hatten, wenn ihr ein Knochen in der Kehle steckenblieb und sie ihn auszuwürgen versuchte.

Als er von Knochen sprach, erinnerte sich Mayuko an die Knochen seiner Frau, denn werden nicht verbrannte Knochen zerstampft? Hat er nicht undeutlich »tjaa« gemurmelt, als ich ihn nach den Knochen

fragte, weil es eben um die Knochen seiner Frau geht? dachte Mayuko.
Sie hatte ihn mehrmals gebeten, die Knochen fortzuwerfen, und so hatte er sich nun vielleicht entschieden, sie aufzuessen.
»Wessen Knochen hast du gegessen, wessen Knochen?«
Sie packte ihn an den Schultern und schüttelte ihn heftig.
»Ich weiß doch nicht, wessen Knochen das waren, es war ein Traum. Ich saß auf einem Felsen, und wie ich mit einem runden Stein auf die Knochen schlug, dachte ich, das sind doch Menschenknochen!« sagte Haku.
Eben wollte Mayuko fragen, wohin er denn die Knochen getan habe, da spürte sie, daß es gefährlich wurde, und schloß den Mund.
Sagt er nämlich »hierher« und zeigt dabei auf seine Brust, dann hat er womöglich wirklich die Knochen seiner Frau aufgegessen.

Sie begann, ihren eigenen Traum zu konstruieren, um ihn seinen Traum, an dem er immer noch herumstudierte, vergessen zu machen:
»Ich hatte einen Traum von Tiger. Ich war Tiger und wurde von einem Lastwagen überfahren. Maeko und der kleine Ryū haben mich, den toten Tiger, in eine Kartonschachtel gelegt und unter einem duftenden Osmanthus-Baum begraben, dann hat man Sutren für mich gelesen.«

In der Erde konnte man in runder Hockstellung die Knochen von Tiger sehen.
Tiger war die Katze, die Ryū, Hakus Sohn, früher aufgezogen hatte und die auch Maeko, Mayukos Tochter, wie ihre eigene Katze liebte. Es war eine Siamkatze mit etwas Tigerkatzenblut. Hielt man sie gegen das Licht, konnte man hinter dem Beige des Siamfells dünne Streifen entdecken, und so nannte man sie Tiger.
Tiger lebte etwa drei Jahre, bis er von einem Lastwagen überfahren wurde und starb.

3

Die Brüder Ton und Haku waren etwa gleich alt wie Mayuko und ihr älterer Bruder. Sie waren im Haus nebenan aufgewachsen und hatten als Kinder oft miteinander gespielt.
Ton spielte am liebsten den tückenreichen Helden *Susanoo*. Mayuko war die verlegene Sonnengöttin *Amaterasu* und mußte auch die Rolle der Weberin spielen, die vor Schreck starb, als Susanoo das gehäutete Pferd in Amaterasus Palast warf. Erst viel später erfuhr Mayuko in einem Buch, wie die Weberin starb: Sie stieß sich das Weberschiffchen in die Scheide. Als sie dies las, fühlte Mayuko ein dunkles, furchtsames Erstaunen.
Haku spielte die Rolle der Hydra *Yamata-no-Orochi* oder des kleinen hilfreichen Gottes *Sukuna-Bikona*. Mayukos älterer Bruder mußte unbedingt auch an

diesen Spielen teilnehmen. Mit der Zeit jedoch wurde er ärgerlich und hatte immer etwas auszusetzen. So gab er die Spiele schließlich auf.

Mayukos älterer Bruder las während der Pubertät massenweise Bücher. Eines Tages fand sich folgende Beschwerde im Briefkasten: »Wissen Sie, daß Ihr Herr Sohn in unanständigen Häusern verkehrt?« Vater tobte. Da er das Ganze auf den schlechten Einfluß der Literatur zurückführte, ließ er das Büchergestell mit den Gesamtausgaben, die Mutter in jungen Jahren angeschafft hatte, abschließen.

Während der Aufnahmeprüfungen fürs Gymnasium erkrankte der ältere Bruder an Lungentuberkulose. Mutter fürchtete, Mayuko könnte sich anstecken, und ließ den Kranken in einem Landhaus in der nahen Provinz Ibaraki unterbringen. Auch sie selbst verbrachte dann dort immer mehr Zeit mit Krankenpflege. Damals verschlimmerte sich in Tōkyō die Ernährungslage wegen des Krieges nach und nach.

Mayuko trat in eine Mädchenschule ein und lebte mit ihrem Vater und dem Dienstmädchen zu dritt im Haus. Eines Abends sah sie, wie Vater im Zimmer des Dienstmädchens verschwand.

Kurz darauf wurde das Dienstmädchen die Braut eines Marine-Unteroffiziers. In jener Zeit konnte man keine Kleider mehr kaufen, und so machte sie sich mit Mutters alten Kimonos auf den Weg zu einem Marinestützpunkt in der Provinz Hiroshima.

Bei ihrer Hochzeit spielten Mayukos Eltern die Rolle der Vermittler, Vater sang das Gratulationslied. Als

Mutter dies zu Hause voller Begeisterung erzählte, sagte ihr Mayuko barsch, daß sie nun kein Dienstmädchen mehr bräuchten. Mutter, die den Haushalt noch nie mit eigenen Händen versehen hatte, betrachtete mit ängstlichen Augen die unordentlichen Zimmer und murmelte: »Du hast recht, es sind außergewöhnliche Zeiten.« Es war wirklich schwierig geworden, Dienstmädchen zu finden, besonders solche, die bei einem wohnten, denn die jungen Mädchen schickte man in die Fabriken, und die Lebensmittel wurden mit jedem Tag knapper. Mutter betraute ein älteres Ehepaar aus der Nachbarschaft mit den Hausarbeiten. Nur die Mahlzeiten für sich und Vater – der ältere Bruder und Mutter waren ja nicht zu Hause – bereitete Mayuko zu; Vater legte im Garten ein Gemüsebeet an.

Die Kriegslage verschlechterte sich von Tag zu Tag, die Mädchenschule wurde geschlossen, und die Schülerinnen mußten in einer Fabrik Uniformen nähen.

Nun hatte Mayuko keinen Unterricht mehr. Kam sie nach Hause, war Mutter nicht da, und so begann sie, die verbotenen Bücher zu lesen.

Den Schlüssel zum Bücherschrank fand sie in dessen Schublade. Mayuko öffnete den Schrank, nahm ein Buch heraus und stellte die leere Kartonhülle wieder zurück. Das Buch las sie bei sich im Zimmer und versteckte es unter den Schulbüchern.

Mayuko las weder Zeitung, noch hörte sie Radio. Sie lebte nur so dahin und verschlang alte Geschichten aus dem Vorkriegs-Japan und ausländische Romane.

Die Wirklichkeit um sie herum war ganz anders als in den Büchern und bewegte sie nicht im geringsten; so wirkte sie im Alltag wie ein verträumtes Mädchen.
Die Krankheit des älteren Bruders verschlimmerte sich, er wollte unbedingt ins Haus nach Tōkyō zurückkehren. Bald darauf starb er. Als Haku kam und Räucherstäbchen darbrachte, sah er die Gesamtausgaben im Bücherschrank und bat Mayuko, sie ihm auszuleihen. Sie nahm jeweils nur ein Buch und reichte es aus dem Fenster in den Garten, wo Haku stand. Ton und Haku schienen zu Hause nur Jugendzeitschriften und naturwissenschaftliche Lehrbücher zu haben.
Ein Zaun aus weißen Kamelien umgab ihr Haus. Mit der Zeit wurde er jedoch wegen der Gemüsegärten, die beide Familien anlegten, zunehmend schwächer. Auch der geflochtene Bambuszaun gab nach, und so konnte man sehr einfach zwischen den beiden Häusern hin und her gehen.
Ton kam zur Marine und besuchte die Marine-Schule auf der Insel Eda; Haku mußte als Schüler in einer Fabrik Pläne zeichnen.
Bei Kriegsende war das Haus ihrer Eltern in *Kichijōji* vom Feuer verschont geblieben. Damals erinnerte jene Gegend noch an das bewaldete Musashino.

4

»Wie oft hast du während der Grundschule deinen älteren Bruder Ton bei mir verpetzt«, sagte Mayuko zu Haku.

»Zum Beispiel?«

»Eines Abends guckte Ton ins Zimmer von Vater und Mutter. Vater wurde wütend und steckte Ton in ein Internat.«

»Weiter?«

Haku ließ Mayuko diese Episoden wiederholen, obwohl er sich selbst an sie erinnern konnte.

»Ton hat als Kind auch immer der Mutter beim Umkleiden zugeschaut«, Mayuko sagte dies und erinnerte sich, daß ihr älterer Bruder es genauso gehalten hatte. Mutter schob dann jeweils energisch die Papierschiebetür zu. Ihr Bruder mußte darauf in ein Zimmer im oberen Stockwerk umziehen.

»Und wer hat sich das Susanoo-Spiel ausgedacht?« fragte sie.

»Das war mein älterer Bruder. Als der *Konflikt mit China* ausbrach, mußte er Schwertfechten lernen. Er meinte, beim Susanoo-Spiel könne er sich im Schwertfechten üben.«

Haku spielte das Ungeheuer, das die Prinzessin *Kushinada* bewachte. Immer wieder umkreiste er dabei die auf einen Stuhl gefesselte Mayuko und biß ihr in Schultern und Schenkel. Dann mußte er als Ungeheuer den betäubenden Reiswein schlürfen. Wenn er

schnarchend am Boden lag und seine Augen öffnete, war Ton böse.
»Ich hab' schon gemerkt, wie du ganz vorsichtig deine Augen geöffnet hast«, sagte Mayuko.
Mayuko sah von ihrem Stuhl aus ruhig zu, wie Susanoo mit dem Ungeheuer kämpfte und es tobend in Stücke zerschlug.
»In Wirklichkeit war ich es, der meinen Bruder auf die Idee brachte, sich mit dem Susanoo-Spiel im Schwertfechten zu üben«, korrigierte sich Haku. Haku war ein Typ, der immer das Gegenteil von dem behauptete, was er anfangs gesagt hatte.
Der Held Susanoo stammte aus Izumo. Sicher hat Ton nur deshalb eine Frau aus Izumo geheiratet, weil er das Susanoo-Spiel nicht vergessen konnte, dachte Mayuko.
Ton kehrte nach dem Krieg aus der Marine zurück und machte die Aufnahmeprüfung an einer Universität, fiel aber durch; so gab er seine Studienpläne auf. Obwohl er kein Christ war, begann er, in die Kirche zu gehen. Dort lernte er eine Amerikanerin kennen, die an einer Universität unterrichtete, worauf Ton ein Jahr in Amerika studierte.
Von seinem Studienaufenthalt zurück, trat er in eine Schauspielschule ein und begann, im Theater aufzutreten. Kurz bevor Mayuko heiratete, schloß er mit einer Schauspielerin aus der gleichen Truppe den Bund fürs Leben.
Mayumi hatte eine große Stirn, eingefallene Augen mit doppelten Lidern, und auf den ersten Blick

meinte man, sie sei ein Mischling. Ihr hoher Rücken hatte einen kaum merklichen Buckel. Da sie sich ihrer kleinen Brüste schämte, half sie auf der Bühne meist mit Polstern nach und trug nur ungern Kleider mit großen Ausschnitten.

Beim ersten Treffen mit Mayuko lächelte Mayumi gezwungen und unnatürlich, ganz in Schauspielerinnen-Manier.

Sie ist bei Geschlechtsgenossinnen sicher nicht beliebt, dachte Mayuko. Immer wieder erinnerte sie sich an Mayumis gekünsteltes Lächeln, und als sie Haku mehrmals darauf aufmerksam machte, meinte er:

»Typen, die beim eigenen Geschlecht nicht ankommen, locken das andere Geschlecht an. Männer mögen zum Beispiel Alain Delon nicht.«

Mayuko bezeichnete Mayumi als »die Frau aus Izumo«, worauf ihr Haku erwiderte: »Der Izumo-Clan hat allem Anschein nach nicht nur in Izumo gewohnt.«

Die Art und Weise, wie er dies sagte, hörte sich einerseits wie eine Verteidigung Mayumis an, andererseits konnte man auch denken, er spreche nur über Mythologie.

»Ton hat mir als erster davon erzählt, daß du in Kyōto mit jener Frau in wilder Ehe lebst.«

Mayuko hatte sich vergewissert, daß er sich an die Susanoo-Spiele erinnerte, und war zufrieden. So sprach sie nun von etwas anderem.

Mit jener Frau meinte sie Hakus verstorbene Frau.

»Es war auch mein älterer Bruder, der mir sagte, du

würdest einen Bankangestellten heiraten und als Mann in eure Familie aufnehmen«, erwiderte Haku.

5

Während des Krieges verwendete man die japanischen Göttersagen noch unverändert als Lehrstoff in den Geschichtsbüchern. Mayuko las damals das *Kojiki*, sie hatte es aus Mutters Bücherkasten entwendet. Sie erzählte Haku die Geschichte von Oosazaki-no-mikoto und Hayabusawake-no-mikoto. In der Schule wurden einem lauter unglaubliche Geschichten beigebracht, die wirklich interessanten Stellen aber bekam man aus unerfindlichen Gründen nie zu hören.

»Oosazaki-no-mikoto war der berühmte Kaiser *Nintoku*. Da er im ganzen Land keinen Rauch aus den Kaminen aufsteigen sah, sagte er, die Leute müssen wohl sehr arm sein, und zog drei Jahre keine Steuern ein, bis wieder Rauch aus den Hütten des gemeinen Volkes aufstieg.«

»Das weiß ich, es steht ja in den Geschichtsbüchern geschrieben«, erwiderte Haku.

»Oosazaki-no-mikoto hatte einen jüngeren Bruder, der hieß Hayabusawake-no-mikoto. Da war auch eine schöne Frau, Metori-no-ookimi, die wollte Oosazaki-no-mikoto zur Braut haben. Er schickte seinen jüngeren Bruder Hayabusawake-no-mikoto, um um ihre Hand anzuhalten. Doch Oosazaki-no-mikoto

besaß als bedeutender Kaiser viele Frauen, und die Haupt-Gemahlin Iwa-no-hime-no-mikoto war sehr eifersüchtig. So lehnte es Metori-no-ookimi ab, die Frau des Kaisers zu werden.
Metori-no-ookimi sagte, sie zöge den jüngeren Bruder Hayabusawake-no-mikoto vor. Der Zaunkönig (sazaki) sei nur ein winzig kleiner Vogel, der Wanderfalke (hayabusa) jedoch sei viel schneller und stärker, deshalb zöge sie ihn vor.
Und so machte Hayabusawake-no-mikoto Metori-no-ookimi zu seiner Frau. Das erboste seinen älteren Bruder Oosazaki-no-mikoto, den Kaiser Nintoku. Er tötete seinen jüngeren Bruder Hayabusewake-no-mikoto samt dessen Frau Metori-no-ookimi.
Die Haupt-Gemahlin von Oosazaki-no-mikoto, Iwa-no-hime-no-mikoto, war sehr eifersüchtig und...«
»Solche Frauen finde ich unsympathisch. Das wird wohl eine Hysterikerin gewesen sein. Hysterische Frauen mag ich nicht«, sagte Haku.
»Leute, die einem auf die Nerven gehen, findet man unsympathisch, das sagen alle. Auch wenn du sie nicht magst, mir ist das egal. Auf alle Fälle hat Iwa-no-hime-no-mikoto die anderen Frauen von Oosazaki-no-mikoto tyrannisiert. So sehr tyrannisiert, daß sie alle mit einem Schiff fliehen und nach Hause zurückkehren wollten. Oosazaki-no-mikoto schwieg und hatte Mitleid mit ihnen, tat aber nichts, als von einem Hügel aus der ganzen Sache zuzuschauen. Er benahm sich seiner hysterischen Gemahlin gegenüber rücksichtsvoll. Dieses hysterische Weib aber

schleppte die fliehenden Frauen vom Schiff herunter und ließ sie zu Fuß heimkehren.
Du magst sie vielleicht nicht, aber ich finde Iwa-no-hime-no-mikoto sehr sympathisch. Ich würde genauso handeln.
Und als Iwa-no-hime-no-mikoto sah, daß ein Diener Metori-no-ookimis Halskette für seine eigene Frau entwendete, ließ sie jenen Diener hinrichten. Metori-no-ookimi und ihr Mann Hayabusewake-no-mikoto waren ja auf Befehl ihres Mannes getötet worden. Man sagt, jener Diener habe die Halskette von Metori-no-ookimis Brust gerissen, als ihr Körper noch warm war.«
Haku starrte Mayuko mit einem Gesicht an, als ob er nicht wisse, wer Iwa-no-hime-no-mikoto und wer Metori-no-ookimi ist.

Haku konnte wohl beide Frauen nicht leiden, und so heiratete er nicht Mayuko, sondern eine andere Frau. Sicher wollte er nicht von seinem älteren Bruder Ton umgebracht werden.

6

Mayuko erwachte mit schwerem Herzen bei Tagesanbruch. Ihr lag etwas auf der Brust; es war Hakus Arm.
Hakus Kopf lag in der Vertiefung zwischen Mayukos Körper und der Bettdecke. Seine Arme waren wie die Flügel eines kleinen Vogels auf ihrer Brust ausge-

streckt, sie hatten gerade das Gewicht eines Tierkörpers.

Früher hatte sich manchmal Tiger auf Mayukos Brust gehockt und war dort eingeschlafen. Sein Gewicht verursachte Mayuko böse Träume, sie strampelte, und wenn sie erwachte, funkelten ihr auf ihrer Brust die zwei goldgelben Pupillen von Tiger entgegen. Mayuko rief ihn beim Namen. Tiger erhob sich gelassen und sprang in einem Satz behende vom Bett. Vor der Tür drehte er sich langsam um und miaute, als ob er für dumm verkauft worden wäre.

Stand die Türe auch nur ein bißchen offen, schlüpfte die Nachbarskatze ins Zimmer und lief mit einem Gesicht im Haus herum, als ob sie hier daheim sei.

Mayuko wußte, daß ihre Tochter Maeko das Fenster im Waschraum für Tiger ein wenig offen ließ, sagte jedoch ihrem Mann nichts davon. Er haßte nämlich die Nachbarskatze, die Maeko sozusagen mitfütterte. Auch im Sommer schloß er vor dem Schlafengehen das kleine quietschende Fenster peinlichst genau zu.

Seit Tiger sich auf ihre Brust hockte, während sie schlief, kontrollierte Mayuko vor dem Zubettgehen selbst die Schlafzimmertür. Und doch war es ihr manchmal, wenn sie lauschte, als ob die Katze im Hause sei.

Das Fenster, das der Vater jeweils schloß, schien die Tochter immer wieder um einen winzigen Spalt zu öffnen, um so Tiger herbeizulocken.

Maeko schlief anscheinend jede Nacht mit der Katze

in den Armen. Wachte der Vater morgens auf, war Tiger bereits verschwunden.
Tiger kannte die Leute, die ihn nicht mochten, und ging ihnen schon von weitem aus dem Weg. Noch jemand verabscheute nämlich Tiger. Das war die Nachbarsfrau, Hakus Ehefrau. Sie konnte nicht mit ansehen, daß ein Tier in ihren Mann und in ihren Sohn vernarrt war.
»Katzen sind doch gemein und verschlagen. Aber nicht allen gegenüber. Mein Mann zum Beispiel kann eine geschlagene halbe Stunde mit Tiger herumspielen, da wird mir übel, wenn ich das sehe«, sagte Hakus Frau und wandte ihr Gesicht ab.
Auch Mayukos Mann mochte Katzen nicht.
»Jemand, der Katzen liebt, mag die Menschen nicht. Katzen gewöhnen sich innerhalb von drei Tagen in einem neuen Haus ein. Ich mag Hunde. Ja, ich werde mir einen *Tosa-Hund* zulegen.«
Er begann, sich nach einem Tosa-Hund umzusehen. Doch bevor er einen passenden Hund fand, starb er.
Er verunglückte auf einer Reise, als der Bus, in dem er saß, einen Steilhang hinabstürzte. Er wurde in ein Spital eingeliefert und lebte noch drei Tage, starb dann aber, ohne sein Bewußtsein wiedererlangt zu haben. Der Bus hatte einem Hotel mit heißer Quelle in den Bergen gehört. Ein unerwarteter Steinschlag nach einem Regenguß hatte den Unfall verursacht; auf dem Sitz nebenan saß die Nachbarsfrau, Hakus Ehefrau. Sie war sofort tot.

Hakus Frau hatte gesagt, sie wolle für nur zwei Tage ihr Elternhaus besuchen, und das Haus verlassen. Ihr Sohn Ryū war wie Maeko vier Jahre alt. Als seine Mutter starb, war er auf dem Land bei Nagoya in der Obhut seiner Großmutter und soll geweint haben, da er Süßigkeiten vom Straßenverkäufer wollte.
Mayukos Mann hatte behauptet, geschäftlich verreisen zu müssen.
Wie lange ihre Beziehung schon bestand, wußte niemand. Mayuko jedenfalls traf diese Nachricht wie ein Blitz aus heiterem Himmel.
»Es gab ja noch andere Hotelgäste, sie werden sich zufällig getroffen haben, und da sie sich kannten, setzten sie sich nebeneinander.«
So versuchte Mayukos Mutter ihre Tochter zu trösten, obwohl doch alles offensichtlich war.

7

»Du erinnerst dich doch, wie Ryū und Maeko ›Tiger‹ gespielt haben?« fragte Mayuko Haku.
»Deine Frau kam wütend angelaufen und schrie mich an. Du erinnerst dich doch?«
»So etwas kann schon vorgekommen sein«, antwortete Haku vage.
Einmal war Hakus Frau mit erregtem Gesicht in Mayukos Haus gekommen.
»Ihre kleine Maeko hat mit unserem Ryū ›Tiger‹ gespielt. Sie ließ ihn Tiger nachahmen und das Wasser trinken, das sich in der Klo-Schüssel ansam-

melt. Da Tiger immer Wasser aus der Toilette säuft, drückte sie Ryūs Kopf mit Gewalt nieder und steckte ihn in die Toilette.
Man kann einen Menschen sogar umbringen, wenn man sein Gesicht in ein mit Wasser gefülltes Waschbecken drückt. Was machen Sie, wenn so etwas passiert?
Sagen Sie das Ihrer Tochter. Was hat die denn für Ideen.«
»Wieso säuft denn Tiger Wasser aus der Toilette? Gibst du denn Tiger auch jeden Tag frisches Wasser?« fragte Mayuko Ryū.
»Ich gebe ihm schon frisches Wasser, er trinkt es aber nicht. Gehe ich auf die Toilette, folgt er mir auf den Fersen, und bevor ich Pipi machen kann, springt er auf den Toilettenrand, steckt seinen Kopf hinein und säuft.
Tiger zieht das Wasser aus dem Wasserklosett vor. Er mag nur Toilettenwasser und frißt nur Katzenfutter. Fische zum Beispiel schaut er gar nicht an«, prahlte Ryū.
»Tiger macht sein Geschäft nie im Garten. Auch wenn er sich draußen herumtreibt, kommt er zurück ins Haus und setzt sich in die Sandkiste. Deshalb muß Ryūs Mama jede Woche Sand einkaufen«, sagte Maeko.
»Oh, das ist aber eine unwirtschaftliche Katze.«
Mayuko unterdrückte ein Lachen und sprach so mitfühlend wie möglich.
»Die Toilette ist ein schmutziger Ort, wo man Pipi

macht und sein großes Geschäft verrichtet. Jemanden solches Wasser trinken zu lassen!« Hakus Frau verzog vor Abscheu ihren Mund.

»Aber Tiger sucht sich doch immer die besten Plätzchen aus. Auf dem Fernseher zum Beispiel, wo es warm ist.«

»Du Dummkopf, ist Tiger etwa nicht auch in den Ofen gekrochen. Ich war gerade dabei, Katzenbraten zu machen. Wirklich, komm mir nur nicht mit Tiger, der schmuggelt sich sogar nach dem Waschen in die Waschmaschine, nur weil es dort warm ist.«

Hakus Frau regte sich auf und sprach mit zitternder Stimme, um die Dummheit Tigers zu beweisen.

»Machen Sie das auf jeden Fall Ihrer Tochter klar. Das ist ein Problem, schließlich hängt das Leben der Kinder davon ab.«

Hakus Frau mußte wieder daran denken, wie das Gesicht ihres Sohnes in die Toilette gesteckt wurde; sie erzitterte am ganzen Körper.

»Aber Ryū wollte doch ›Tiger‹ spielen. Mutter und Vater spielen mag er nicht.«

Maeko versuchte, sich mit leiser Stimme herauszureden.

»Das ist doch klar. Ryū muß immer den Vater spielen, und dabei sitzt er nur auf der Binsenmatte, liest die Zeitung und ißt das Blätter-Gericht. Die interessanten Sachen, wie Dialoge plappern, Blumen pflücken und die Blätter fein schneiden, macht ja doch nur Maeko.«

»Ryū zeigte mir, wie man von einem Baum springt,

dann machte er mich zu einem Spatzen und hat mich aufgegessen«, sagte Maeko.

»Beim Kopf angefangen, fraß er mich auf. Er setzte sich sogar rittlings auf mich, hat mich runtergedrückt und an mir herumgebissen, sogar in Nase und Ohren hat er mich gebissen.«

Maeko zeigte ihrer Mutter die Bißspuren an den Schultern und Armen.

»Da sie ja Kleider anhat, tut ihr das nicht weh, dachte ich. Nase und Ohren habe ich deshalb nur ein bißchen geleckt«, sagte Ryū.

Mayuko wandte etwas übertrieben ihr Gesicht ab und sagte gütig lächelnd:

»Ihr Sohn ist ja erotisch begabt. Das hat er sicher von seinen Eltern.«

Die Lippen von Hakus Frau zuckten, und stotternd ging sie zum Gegenangriff über:

»Sie meinen also, Haku und Sie hätten früher auch solche Spiele getrieben.«

»Fragen Sie doch Ihren Ehemann.«

Mayuko hatte den Wunsch verspürt, so etwas zu sagen, und so war es eben herausgerutscht.

»Ryū wollte wie Tiger seine Krallen an einem Pfahl wetzen und soll sich dabei einen Nagel abgerissen haben.«

»Da war ich aber allein.«

Ryū versuchte, Maeko in Schutz zu nehmen, und sagte dies, bevor sie sich äußern konnte.

»Die Idee stammt sicher von Maeko.«

Hakus Frau verzog verächtlich ihren Mund.

»Ich hab' verstanden. Maeko, ich sag' es dir noch einmal, hör bitte mit diesen dummen Spielen auf. Wenn man das Gesicht von jemandem ins Wasser taucht, kann man ihn umbringen. Und tötet man einen Menschen, kann man selbst nicht mehr leben.

Wenn du schon jemanden nachahmen willst, dann bitte jemanden, der klüger ist als du. Katzen sind doch viel dümmer als Menschen. Machst du ein so dummes Tier nach, wirst du selber nur auch dumm.«

»Aber Tiger kann doch viel weiter springen als Ryū.«

Maeko schaute Ryū leicht verächtlich an.

»Als Ryū den Kopf in die Toilette steckte, habe ich ihm nur ein wenig geholfen, ich habe überhaupt nicht fest gedrückt.«

»Ryū ist größer und kräftiger, also wird das wohl nicht so gefährlich sein«, sagte Mayuko zu Hakus Frau.

»Wir haben nur die Nase ein bißchen mit Wasser benetzt.«

Ryū versuchte, die Argumentation von Maekos Mutter aufzunehmen.

»Mit dem Tiger-Spielen ist jedenfalls Schluß«, sagte Mayuko.

Am folgenden Tag ließ Hakus Frau einen Gärtner kommen und die schadhaften Stellen des Zaunes schließen. Tiger sprang von einem Ast aus darüber hinweg und besuchte wie gewohnt Mayukos Haus.

Zusammen mit Tiger spielten von nun an auch die zwei Kinder in Mayukos Haus. Waren die Erwachsenen weg, spielten Ryū und Maeko wieder heimlich ›Tiger‹.

»Einer als Mensch reicht doch. Diesmal spielst aber du Tiger, Maeko.«

Ryū band Maeko ein blaues Band um den Hals. In Tiger floß zu gut einem Sechzehntel Siamkatzenblut, und so hatte er zu den blauen Augen hellbraune Samtohren und eine Nase gleicher Farbe. Er besaß eine furchtlose Haltung, sein nerzartiges Fell glänzte, bleichte an den Beinen jedoch bereits aus. Blau war eine Farbe, die gut zu Tiger paßte, und so setzte sich Maeko wie eine Prinzessin auf ein blaues Sitzkissen.

Wie Tiger rollte sie sich zusammen, machte langsam die Augen auf und zu und sah mit einem verstohlenen Blick zu Ryū hinüber.

Er nahm Maeko auf seine Knie und streichelte sie liebevoll hinter den Ohren, an Händen und Füßen. Maeko war kitzelig und krümmte sich vor Lachen. Doch kaum hatte sie sich erholt, kletterte sie von neuem auf seine Knie, um das gleiche wieder mit sich geschehen zu lassen.

Wie Tiger schloß sie auf seinen Knien genießerisch die Augen und zeigte schnurrend die Kehle.

Mayukos Ehemann entdeckte sie bei diesem Spiel und regte sich genauso auf wie Hakus Frau.

»Der Bengel läßt Maeko die Katze spielen. Das hört mir auf, diese Spiele.«

Dies sagte er seiner Tochter nicht selbst, sondern er ließ es Mayuko sagen. Mayuko sah in den Augen ihres Mannes Eifersucht aufleuchten und senkte ihren Blick.
Gab es an seiner Tochter etwas zu tadeln, mußte Mayuko dies tun, nur Lob konnte er selbst offen austeilen. Bei solchen Gelegenheiten nahm er Maeko auf seine Knie und liebkoste sie wie eine Katze. Im Schoß ihres Vaters sah Maeko wirklich wie eine Katze aus. Mayuko wandte ihr Gesicht ab.
Einmal fand Mayukos Mann in einem alten Album eine Photographie aus der Kinderzeit, auf der sie zusammen mit Ton und Haku zu sehen war. Mit einem bösen Blick meinte er:
»Was habt ihr eigentlich früher für Spiele gemacht? Sicher habt auch ihr so seltsame Sachen getrieben.«
Mayuko hatte ihrem Mann nie etwas vom Susanoo-Spiel mit Ton und Haku erzählt.
»Damals hatten wir gar keine Katze und kamen so auch nicht auf die Idee, Katze zu spielen«, antwortete Mayuko.
Anstatt der Katze hatte Mayuko die Prinzessin Kushinada gespielt und war an den Stuhl gefesselt worden. Ton und Haku spielten den Helden Susanoo und die Hydra Yamata-no-Orochi, welche die gefesselte Mayuko umkreiste und sich an ihren Schultern und Schenkeln festbiß.
Dann trank die Hydra mit ihren acht Köpfen Reiswein aus acht Kübeln und schlief fest ein.

Die zwei, die sich bei Mayuko wegen der Katze beschwert hatten, sind nun zusammen gestorben.

Mayuko konnte sich gut vorstellen, wie die beiden sich unterhalten hatten. Ja, sicher sind sie in den gleichen Bus gestiegen, um über diese Ungeheuerlichkeiten zu sprechen.

8

Im Wald, in dem der Leichenzug verschwand, lag kein Schnee.

Statt dessen waren da Hügel voll frischen Grüns. Auf den Hügeln blühten Hahnenfuß und Löwenzahn in voller Pracht, und das Tal war in einem Meer von weißen Schmetterlingsblüten des japanischen Schnurbaums begraben.

Von den Ästen der Schnurbäume schwebten Schmetterlingsblüten herunter und wurden zu Mayukos Lippen. Der Löwenzahn stand goldig lächelnd auf und verwandelte sich in einen schönen Knaben.

Der Knabe wollte Schmetterlinge fangen, mit zwei Fingern packte er Mayukos Lippen, legte sie in seine Hand und hauchte sie an.

Mayuko, die ihre Lippen verloren hatte, versuchte, mit Augen und Nase zu lächeln.

Der Knabe trug einen baumwollenen Kimono mit einem japanischen Hosenrock darüber. In einem alten Album waren Mayukos Großvater, Vater, Onkel und Vettern genauso gekleidet. Ihre Arme hatten

sie verschränkt, und alle machten ein gewichtiges Gesicht.
In der Ecke des Wandschranks schaute ein Stück eines baumwollenen Kimonos, gewaschen und gebügelt, aus einem *Furoshiki* hervor.
Der Knabe zog die Augenbrauen zusammen und schaute Mayuko ernst an. Plötzlich wurde der Knabe größer. Sie versuchte, sich an sein Gesicht zu erinnern, brachte es aber im Traum nicht zustande. Mit glänzenden Kastanienaugen sah er Mayuko fest an und ließ dann seinen Kopf hängen. Mayuko hatte das Gefühl, eine Schlange gleite an ihren Füßen vorbei.
Die Nackenlinie des vor ihr ausgestreckten Knaben trat hervor, als ob er geschlagen werden wolle. Wann wohl hatte Mayuko entdeckt, daß die Nackenlinie eines Knaben so schön ist.
Mayuko legte sich zum erstenmal in ihrem Leben einen Büstenhalter an. Beim Schließen des Rückenhakens verdrehte sie sich die Arme und dachte, daß ihr wohl jemand helfen müsse. Sie ließ es den Knaben machen. Selbstverständlich wußte sie genau, daß der Knabe außer dem Haken schließen nichts konnte.
Der Knabe war niedergeschlagen, als ob er beleidigt worden sei. Er konnte jedoch nicht nein sagen, auch als sie ihn noch einmal helfen ließ. Sobald sie ihre Kleider anhatte, umarmte sie den Jungen und schmiegte sich an seine Wangen. Er stieß Mayuko von sich, drückte sich an die Wand und bückte sich dann, um etwas aufzuheben. Es war eine Fledermaus. Sie war durch die zerbrochene Glastür hereingeflogen,

mit der Wand zusammengestoßen und piepste »hii, hii«. Die Augen der Fledermaus traten hervor und glänzten wie die eines Goldfisches.
Der Knabe öffnete die Glastüre und ließ die Fledermaus frei. Das unheimliche Tier öffnete seine Flügel wie einen zerschlissenen Regenschirm und flog in Richtung Mond davon.
Als Mayuko den Knaben umarmte, blickte er sie mit den ängstlichen Augen der gefangenen Fledermaus an.
Die Sonne ging auf, und der Knabe wurde boshaft. Er begann zu bereuen, sich im Mondlicht gefürchtet zu haben. Er hatte vor, Mayuko zu erschrecken, indem er sich wie ein Tyrann benahm.
Mit den Augen der Hydra, welche die Prinzessin Kushinada verschlingen will, starrte er sie an. Aber Mayuko wußte, er würde sich so oder so in den Helden Susanoo verwandeln, und lächelte abschätzig. Ich werde dir bald einen Palast bauen lassen, dachte Mayuko und betrachtete den Tyrannen. Einen Palast, umgeben von einem achtfachen Zaun...
Wie sie sich jedoch nach dem gebeugten Kopf mit der schönen Nackenlinie umblickte, war aus dem Knaben ein bärtiger Jüngling geworden. Mayuko war ohne Lippen, und ihre Stimme erklang tief aus dem Hals.
Inzwischen breitete sich ein Feld mit silberfarbenem Stilblütengras aus, und unter dem Halbmond lag ein schwarzer Teich.

9

Mayuko heiratete weder Ton noch Haku, die sie von klein auf kannte, sondern einen andern Mann.

Ihre Eltern verachteten die Familie des Nachbarhauses. Über Ton, der im Krieg auf der Insel Eda war, nach der Niederlage nach Amerika ging und dann Theater spielte, wurde nicht gut geredet. Und auf Haku sah man herab, weil er noch zur Schulzeit mit einem Animiermädchen in wilder Ehe zusammenlebte.

»Der Alte hat während des Krieges mit Bauaufträgen der Marine viel Geld verdient. Als dann der Sohn auf die Insel Eda ging, machte er ein verblüfftes Gesicht. Als er sagte, er gehe nach Amerika, verzog der Vater keine Miene. Theaterspielen paßt doch gut zum Sohn eines Bauunternehmers.«

Mayuko dünkte es gemein von ihrem Vater, so über die Nachbarn zu sprechen. Drüben betitelte man sie sicher mit Geldverleiher und Wucherer. Mayukos Vater wählte nach seiner Pensionierung unter den ehemaligen Untergebenen in seiner Bank einen begabten jungen Mann als Adoptivsohn und Bräutigam aus.

Der Vater wurde nach der Pensionierung Direktor einer Finanzierungsgesellschaft und beabsichtigte, so seine Verbindungen zur Bank zu vertiefen. Die Heirat wurde beschlossen, als Mayuko noch an der Mädchen-Hochschule studierte. An Neujahr des letzten Studienjahres feierte man die Hochzeit, ohne die Abschlußfeier an der Universität abzuwarten.

Kaum war der Korea-Krieg zu Ende, ging das junge

Paar auf die Hochzeitsreise nach Kyōto. Mayuko wußte, daß dort Haku mit einer Frau in wilder Ehe zusammenlebte, und erzählte es arglos ihrem Mann.

Ihr Mann schien sich dafür zu interessieren, daß die Frau des Nachbarssohnes ein Animiermädchen war.

Später, als man sich im Nachbarhaus darüber stritt, ob man diese Frau in die Familie aufnehmen solle oder nicht, zeigte ihr Mann seine Sympathie für diese Frau.

Haku kehrte mit seiner kurz vor der Niederkunft stehenden Frau nach Tōkyō zurück und wurde ins Haus aufgenommen, während Hakus Mutter sagte: »Weiß man denn überhaupt, wessen Kind sie erwartet?« Ton als ältester Sohn hielt sich fern. Aber wie vorauszusehen war, kam die neue Braut mit der Mutter nicht gut aus, und so zogen sie in das Haus in Kamakura. Während des Krieges verbrachte Hakus Vater dort viel Zeit, da er in Yokosuka und Oofuna Marine-Einrichtungen in Auftrag hatte, aber auch, um den Bomben in Tōkyō zu entkommen.

Hakus Mutter pflegte ihr Gesicht ganz weiß zu pudern. In nur zwei Monaten verbrauchte sie eine große Schachtel weißes Gesichtspuder von Shiseidō. Für das Make-up brauchte sie am Morgen jeweils zwei Stunden. Hakus Vater war ganz vernarrt in seine verwöhnte Frau. Sogar auf seine zwei Söhne war er eifersüchtig. So lösten sich die beiden Knaben früh von ihrer Mutter und bemühten sich, schnell selbst eine Frau zu finden.

Um Geld brauchten sich die zwei Söhne nie besonders zu kümmern und waren daher nicht gerade arbeitsam. Zudem schätzten sie die Arbeit ihres Vaters nicht. Vielleicht war es Neid auf den Vater, der die Mutter nur für sich beanspruchte. Auch hielten sie die Mutter, die in einer Gesichtspuderschachtel zu sitzen schien, für dumm.

Es hieß, Haku unterrichte abends in einem Gymnasium und helfe bei der Edition von Kunstbüchern. Damals herrschte in Tōkyō noch Wohnungsnot; man hatte alle Hände voll zu tun, um nur das Essen zu organisieren. So blieb ihm nichts anderes übrig, als zu seiner Familie zurückzukehren.

»Diese Frau rechnet sich wohl aus, daß dies ihr Haus wird, wenn sie sich hier mit Gewalt niederläßt. Solange Ton so querköpfig ist, mag ihre Rechnung aufgehen.

Sie selbst haben nicht mal genug zu essen, tun jedoch so, als ob nur sie sich um die Eltern kümmern könnten«, sagte Hakus Mutter.

Ton und Mayumi machten allerdings keine Anstalten, ins Elternhaus zu ziehen; und der neugeborene Sohn glich Haku mit jedem Tag mehr, so daß Hakus Mutter schließlich nichts mehr sagte.

Hakus Frau trat wenigstens äußerlich und wo immer es ging bescheiden auf und bemühte sich, ja nicht wie ein Animiermädchen auszusehen.

Man erzählte sich, diese Frau sei an der Universität Kyōto freundlich zu Haku gewesen und habe ihn nach einer Blinddarm-Operation ununterbrochen

gepflegt, worauf er sich entschlossen habe, sie zur Frau zu nehmen.
Zur Zeit, als Haku in Kyōto war, versuchte Ton einmal, Mayuko zu küssen und sie auf den Boden zu werfen. Doch Mayuko strampelte, und Ton gab einfach auf. Kurze Zeit später heiratete er Mayumi.
Auch nach der Heirat mit ihrem Mann mußte Mayuko öfters an diesen Vorfall denken. Sie stellte sich vor, wie auch ihr Mann so etwas ähnliches mit einer anderen Frau gemacht habe.
Nachdem Mayuko von Ton geküßt worden war, konnte sie lange Zeit an nichts anderes denken und glaubte fest daran, er würde wiederkommen, um irgendeine Erklärung abzugeben. Doch nichts dergleichen geschah. Bald darauf hörte sie von seiner Mutter, Ton lebe mit einer zukünftigen Schauspielerin der gleichen Truppe zusammen. Ton war ja im Ausland gewesen und wahrscheinlich von der fremden Art und Weise angesteckt worden. Dies konnte man als mögliche Erklärung gelten lassen, falls man nach dem Sinn des Kusses fragte.
Tons und Hakus Mutter vertraute die Familienangelegenheiten, meistens ohne sie zu verschleiern, Mayukos Mutter an. Zuerst regte sie sich auf, dann wurde sie einsichtig.
»Knaben sind langweilig. Man gibt sich Mühe und zieht sie auf, um sie dann doch alle an Frauen zu verlieren. Eher als den Worten ihrer Mutter glauben sie dann dem, was diese Frauen sagen. Ihr Baby ist jung gestorben. Aber so gehört es für immer der Mutter.«

Ton und Haku hatten jeder eine Frau gefunden, und ihre Mutter beklagte sich bei Mayukos Mutter, die ihren Sohn durch eine Krankheit verloren hatte.
»Würden Sie einmal die Güte haben und über sich selbst nachdenken. Machen die Kinder nicht genau das, was wir selbst auch gemacht haben?« tröstete Mayukos Mutter.
»Und trotzdem, gnädige Frau, ist es nicht ein Glück, zuschauen zu können, wie die Söhne leben, die Sie selbst geboren haben. Mich dünkt, als lebe ich nur noch, um zu sehen, was sich mein Kind und meine Enkel alles ausdenken.
Mein verstorbener Sohn ist immer noch in meinem Herzen, er bewegt sich aber nicht mehr, er denkt keine neuen Sachen aus, auf die ich nicht komme.
Jetzt denke ich nur noch an das Baby, das meine Tochter gebären wird, und mein Herz zerspringt vor Freude. Mir klopft schon das Herz, wenn ich nur daran denke, was für ein Kind in diese Welt geschickt wird. Vielleicht ist es ein Genie, vielleicht ein Krüppel, ein unmögliches Kind.
Aber das ist mir alles recht. Ist es nicht an und für sich etwas Unglaubliches.«
Mayuko fühlte, daß ihre Mutter bei diesen Worten ganz ehrlich war, und hörte ihr bewundernd zu. Nun merkte sie endlich, daß es eine Dummheit gewesen war, als Mädchen die Worte ihrer Eltern logisch zu analysieren: Ihre Eltern taten nichts anderes, als je nach Zeit und Ort auf das, was an sie herangetragen wurde, offen zu reagieren.

10

»Wie dachte wohl deine Frau über deine Mutter?«
Mayuko nahm den Namen von Hakus Frau nie in den Mund; sie wollte diese Persönlichkeit ignorieren, mußte sich jedoch in ihrem Herzen immer mit ihr beschäftigen.
»Tja, das ist eine Bescherung, wird sie sich wohl gedacht haben. Sie wollte nicht mit meiner Mutter verkehren und warf mir immer vor, daß wir nur um des Geldes willen die Verbindung aufrecht erhielten. Sie hatte seltsame Vorstellungen davon, was ein Schriftsteller ist, und schien sich bunte Träume zu malen. Ich jedoch hatte überhaupt keine Lust, an die Öffentlichkeit zu treten; und so schien sie das Leben mit den monatlichen Zuwendungen von Mama, die uns knapp vor dem Verhungern bewahrten, nicht mehr auszuhalten. Sie war ein armer Kerl.«
Haku veröffentlichte zu jener Zeit gelegentlich einen Roman in Literaturzeitschriften, aber Leute, die keine besondere Beziehung zur Literatur hatten, wußten nichts von ihm. Seine Bücher standen nicht am Bahnhofkiosk aufgereiht, auch war er kein angesehener Gelehrter. Er war nichts als ein Lehrer an der Abendschule. Das konnte seine Frau nicht ertragen, was wiederum Mayukos Eltern befriedigte. Mayukos Eltern hatten ihre Tochter immer vor den Söhnen aus dem Nachbarhaus gewarnt. Ton und Haku gingen in die Welt hinaus, wodurch die Warnungen der Eltern lächerlich wurden.

Ihre Eltern glaubten, Künstler seien eine Art Mafiosi oder Schurken. Als nach dem Krieg Leute wie Künstler wieder einen Unterhalt fanden, änderte das nicht ihre Einstellung, sondern sie wurden bloß vorsichtiger. Das Verhalten von Leuten, die Dinge schufen, die vermarktet wurden, war für sie befremdend.
Sie dachten, daß solche Existenzen kein Recht hätten, die wunden Punkte anderer Leute zu berühren, und waren diesen Personen, die ihren Lebensunterhalt damit verdienten, fremde Menschen zu provozieren, nicht wohlgesinnt.
»Die Welt wird immer schlechter«, lautete ein Lieblingsspruch von Mayukos Eltern. Sie konnten es nicht ertragen, daß sie ihrer Vorrechte eins nach dem andern beraubt wurden. Und so trachteten sie danach, sich von angeblichen Künstlern, die solchen Vorhaben ihre Hand liehen, möglichst entfernt zu halten.
Mayukos Vater fragte sich immer, wovon Haku eigentlich lebe. Als Hakus Mutter nach dem Tod ihres Mannes mit Immobilien handelte und etliche Häuser besaß, rechnete er ihr das hoch an.
»Wahrhaft wie man es von einer Frau eines Bauunternehmers erwartet.« Für Mayuko klang dies sowohl nach Bauunternehmer als auch nach Geldverleiher. Aus irgendeinem Grunde dachten Mayukos Eltern, sie seien eine bessere Art Menschen, und sie klagten, ihre Tochter sei während des Krieges, als sie zusammen mit den anderen Schülerinnen in der Fabrik arbeiten mußte, durch die Arbeiterinnen verdorben worden.

So war es, nach Meinung der Mutter, der Krieg, der ihren Sohn getötet, ihre Tochter proletarisiert und ihr das Dienstmädchen weggenommen hatte, aber auf den Gedanken, dies alles könnten Steine sein, die sie selbst weggeschleudert hatte und die ihr nun auf den Kopf zurückfielen, kam sie nicht.
Mit zunehmendem Alter äußerte sich Vater nur noch über harmlose Dinge, und besonders seit dem Tod seines Schwiegersohnes enthielt er sich seiner Kommentare zur Weltlage.
Schwieg er, sah Vater sogar ein wenig vornehm aus.
Immer wenn Mayuko mit Haku zusammen war, hatte sie das Gefühl, sich an ihren Eltern zu rächen, und war ununterbrochen wollüstig.
Einmal sagte Haku zu ihr: »Meine Frau sprach dauernd über deinen Ehemann und erwähnte dabei Dinge, die mich neidisch machten, Dinge wie: ›Die japanische Wirtschaft überlebt nur dank der Banken.‹ Da es sich um deinen Mann handelte, hörte ich nur stumm zu. Sie kam immer wieder mit solchen Sachen, bis ich ihr einmal sagte: ›Es war wohl ein Fehler, daß du mich verführt hast, versuch es doch mal mit jenem Kerl, noch ist es nicht zu spät.‹«
Während Mayuko zuhörte, als handelte es sich dabei um einen Fremden, dachte sie, vielleicht ist dies wider Erwarten doch keine erfundene Geschichte. Haku sah mit seiner Adlernase und seinen Schlitzaugen manchmal wie ein Bösewicht aus, dann wiederum wirkte er wie ein gutmütiger Einfaltspinsel. Schon als

Kind sagte er Sachen, die die Leute erbosten, und bereute es nachher wieder. Andererseits konnte er auch einem Gespräch ernsthaft zuhören und dem Sprechenden Glauben schenken.

Merkte er im nachhinein, daß er hereingelegt worden war, plante er erbitterte Rache oder resignierte einfach, je nach Laune. Er besaß aber auch die außergewöhnliche Fähigkeit, zu durchschauen, ob sein Gegenüber zu jenem Zeitpunkt noch Interesse an ihm hatte oder nicht, und verstand es, dessen Neugier zu befriedigen.

Vielleicht hatte er diese Geschichte nur erfunden, um Mayukos Interesse zu schüren. Aber erfundene Geschichten spiegeln ja in einem gewissen Sinne die wahre Absicht wider.

»Du also hast deine Frau dazu angestiftet, meinen Ehemann zu verführen.« Während Mayuko dies sagte, merkte sie, daß sie nicht deshalb nicht wütend wurde, weil schon alles weit zurück lag, sondern weil Haku im Moment mit ihr kokettierte. Ich bin genausogut imstande, so etwas zu tun, dachte Mayuko.

Aber anstatt dies zu sagen, konterte sie weiter: »Gut, daß du ihr mit der Aufforderung zur Verführung zuvorgekommen bist.«

Mayuko erinnerte sich, wie Hakus Mutter über ihren Sohn klagte, seine Frau streite fortwährend mit ihm und er lasse ihr Maschinengewehr-Geschnatter mit gesenktem Kopf und mit der Haltung ›du hast schon recht‹ wortlos über sich ergehen; er sei ein Waschlappen von einem Mann geworden, der zu allen Vorschlägen der Mutter, auch zu noch so trivialen, immer nur antworte, er müsse zuerst seine Frau fragen. So ein Mann ist wirklich imstande, seiner Frau zu sagen, sie solle doch diesen Kerl, den sie so bewundere und lobe, verführen. Selbst wenn er es gesagt hatte, war es vielleicht nicht ernst gemeint gewesen, dann aber Wirklichkeit geworden.

Und gerade weil es wirklich geworden war, war es für Mayuko von Bedeutung, daß Haku ihr vor ihren Augen dies sagte.

»Ich dachte doch nicht, daß sie sterben würde ... Das war einfach Pech«, sagte Haku.

»Gewiß glauben die Leute, daß wir, die wir von unseren Ehepartnern hintergangen worden sind, uns einfach gegenseitig trösten. Auch wenn sie, angenommen, von unserem Verhältnis wüßten.«

»So wird es wohl sein. Meine Frau sagte immer, ich sei gemein und verschlagen.«

»Ich mag Männer, die gemein und verschlagen sind.«

Mayuko sagte dies, als wolle sie Hakus Frau widersprechen. Dabei schien sie doch eher bei dem Gedanken beruhigt, Haku sei nicht gemein und verschlagen.

»Schriftsteller müssen schlechte Menschen sein«, korrigierte sie sich.

»Aber gleichzeitig müssen sie auch gute Menschen sein. Das ist ein äußerst schwieriger Beruf.«

»So laß mich die schlechten Dinge machen«, forderte sie.

»Noch als die beiden lebten, habe ich geträumt, mit dir die Ehe zu brechen.«
Wörter wie Ehebruch sind heute tot, man braucht sie höchstens noch in Gedichten, aber Mayuko wollte sie einmal in den Mund nehmen; wie durchgebogene Telefondrähte hingen sie in der Luft.
»Und derweil sind die beiden uns zuvorgekommen. Dank dessen erscheinen wir nun als gute Menschen. Die beiden sind dir zuvorgekommen.«
Haku sah bedrückt aus.
»Du bist sicher ein Heiliger. Du bist so lahm und ohne Antrieb, daß ich glaube, du hast eine Anlage zum Autismus. Sogar einen Heiligenschein scheinst du zu tragen.«
»Das Gefühl habe ich auch allmählich. Wird man ein schlechter Mensch, bricht man sich nur die Knochen.«
Haku sagte dies, während er an etwas anderes dachte. Immer wenn er ein solches Gesicht machte, dachte er an seine verstorbene Frau.
»Ob die beiden wohl vorhatten, ihr Verhältnis weiterzuführen?«
»Das wäre schon möglich gewesen. Ich habe mir sogar ausgemalt, daß sie deinem Mann droht und Geld von ihm erpreßt.«
Hört man so etwas, kommt man nicht umhin, sich vorzustellen, wie interessant dies gewesen wäre, dachte Mayuko. Über die Toten kann man wirklich nach Belieben verfügen. Wie herrlich, von diesem Gefühl der Gebundenheit befreit zu sein.

»Da meine Frau aus eigenem Antrieb zu mir kam, blieb ihr nichts anderes übrig, als wieder zu gehen, wenn es ihr nicht gefiel. Aber da waren die Kinder, und an den Lebensunterhalt mußte man auch denken. Sie wird sich wohl gedacht haben, wenn ich kein Geld erpressen kann, sitze ich in der Klemme.«
Haku sagte dies, als ginge ihn das alles nichts an.
»Und dabei sah es aus, als ob du deine Frau innig lieben würdest.«
Haku lächelte verschmitzt.
»Das kannst du so leichthin sagen, dabei habe ich...«, Haku zögerte es zu sagen. Und Mayuko merkte, daß er etwas verschwieg. »Ich habe wirklich immer nur getan, was sie sagte, ich habe ihr alles geglaubt. Sogar irgendwie geachtet hab' ich sie.«
»Geachtet?«
Habe ich meinen Mann je geachtet, überlegte Mayuko. Nein, eher bemitleidet. Ihr Mann gab sich immer Mühe, sie zufriedenzustellen. Noch am Tage bevor er mit seiner Geliebten wegging, erfüllte er seine ehelichen Pflichten.
Für sie hielt er sich zurück und gebrauchte zärtliche Worte, die ihr gefielen. Auch sie strahlte und war zärtlich.
»Mein Mann und ich haben uns gut verstanden«, sagte Mayuko.
»Es sieht ganz so aus«, stimmte ihr Haku bei.
»Auch mit uns geht es doch gut. Es geht immer gut, nur manchmal passiert etwas. Du bist ein Mensch wie eine Wolke, ein Typ, der alles hinnimmt.«

»Es scheint so, nur Frauen gegenüber bin ich schwach.«

Mayuko dachte, wenn Haku sich gerne vorstellt, von seiner früheren Frau verführt worden zu sein, habe ich nichts dagegen.

»Sie hatte nicht soviel Geld wie du und mußte sich deshalb etwas einfallen lassen«, meinte er.

Mayuko ärgerte sich, daß Haku seine Frau, die zusammen mit einem andern Mann starb, bemitleidete.

Beim Tod ihrer Schwiegertochter soll Hakus Mutter gesagt haben, die Knochen einer solchen Frau dürften nicht im Familiengrab beigesetzt werden.

Vor den Kindern versteckt, klagten die beiden alten Frauen, die Schwiegersohn und Schwiegertochter auf so merkwürdige Art verloren hatten, einander ihr Unglück. Sie trösteten sich gegenseitig, indem sie schlecht über Schwiegersohn und Schwiegertochter redeten, und da sie nun das gleiche Interesse verband, wurden sie sich noch vertrauter als früher. Sie klagten über das Unglück ihrer eigenen Kinder, das diese durch ihre mißratenen Ehepartner erlitten hatten, und voller Phantasie erfanden sie endlos neue Geschichten.

»Noch am Abend der Beerdigung wollte ich zu dir gehen, gab es dann jedoch wieder auf. Anscheinend wollte ich verschiedenen Gerüchten keinen Vorschub leisten«, sagte Haku, und um Mayuko zu gängeln, fügte er hinzu:

»Du hast doch früher mal die Geschichte von Oosa-

zaki-no-mikoto und Hayabusawake-no-mikoto erzählt. Damals dachte ich, Metori-no-Ookimi sei eine dumme Frau; brachte sie doch sich selbst und ihren Mann zu Tode.
Nukata-no-Ookimi war da klüger. Sie bewegte sich zwischen den Männern hin und her und ließ auch keinen Streit zwischen ihnen aufkommen.«
Wem wollte Haku dies wohl sagen?

11

»Erinnerst du dich, wie die Kinder ›Beerdigung‹ gespielt haben?« fragte Mayuko Haku.
»Sicher erinnere ich mich daran, auch an das Lied, das die Kleinen bei der Beerdigung von Tiger gesungen haben.«
Haku summte die Melodie und begann zu singen:

> Tiger, Tiger, die Augen von Tiger
> glänzen in der Erde,
> glänzen in der Erde,
> sie glänzen, sie glänzen.

Als Tiger von einem Lastwagen überfahren wurde und starb, haben Ryū und Maeko ihn begraben. Auf den kleinen Erdhügel legten sie einen Stein und machten so ein Grab. Dabei summten sie:

> Tiger, Tiger, gib acht
> auf die Spatzenknochen!
> Spatzenfedern sind Rosendornen,
> der Spatzenschnabel ist eine Schwertspitze.

Tiger, Tiger, gib acht!
Der Ofen wird explodieren,
die Waschmaschine ist eine Achterbahn.
Das Toilettenwasser ist sauber und rein,
fällt der Strom aus, hören wir auf.

Leckst du das Öl auf dem Grill, gib acht,
daß dein Schwanz kein Feuer fängt.
Fängt dein Schwanz Feuer,
wird er zur Zündschnur.
Beißt du dir in den Schwanz,
dreht sich dir alles vor den Augen.

Dann streuten die beiden Katzenfutter auf das Grab, schütteten Milch darüber und schlugen mit einem Löffel an eine leere Blechdose, als ob sie eine schalenförmige Glocke schlagen würden.

Tiger tauchte in ihrer Erinnerung auf: wie ihm Spatzenknochen im Hals steckengeblieben waren und er voller Qual den Kopf nach vorn streckte und würgte, oder wie er sich in den eigenen Schwanz biß, der Feuer gefangen hatte, und sich wie wild im Kreis drehte.

Ob die Kinder wohl an die Beerdigung ihrer Eltern dachten, während sie die Bestattungszeremonie für Tiger durchführten?

Die Beerdigung von Ryūs Mutter fand drei Tage vor der Beerdigung von Maekos Vater statt. Ryū schaute genau zu und gab dann sein Wissen an Maeko weiter:

»Zuerst kommt der Leichenbestatter und baut einen dreistufigen Altar auf.«
Ryū sagte dies im Ton eines Wahrsagers.
»Darauf ziehen sie den Leichnam aus und reinigen ihn. Meine Tante legte einen Tausend-Yen-Schein in den Sarg, und ich tat eine Eisenbahnfahrkarte hinein, damit Mutter mit dem Zug bis in den Himmel fahren kann.«
Was Ryū hineinlegte, war eine Spielzeugfahrkarte. Er gab auch Maeko einige davon, damit auch sie ihrem toten Vater Fahrscheine mitgeben könne.
Maeko flüsterte ihrer Mutter Mayuko zu, sie solle doch Geld hineinlegen, aber Mayuko tat kein Geld in den Sarg ihres Ehemannes. Mayuko gab vor, ihre Tochter nicht gehört zu haben, aber Maeko wußte, daß Mutter so handelte, obwohl sie das Gesagte verstanden hatte. Und so legte nur Maeko ihre Spielzeugfahrkarten hinein, die sie von Ryū erhalten hatte. Als der Sarg verbrannt wurde, konnte sie sich eher das Brennen dieser Fahrkarten vorstellen als das der Leiche ihres Vaters. Maeko konnte sich überhaupt nicht vorstellen, wie der Körper eines Menschen brennt.
Zur Beerdigung versammelten sich viele Leute. Sie bemitleideten die kleine Tochter und sagten ihr viel Nettes, so daß sich Maeko ausgelassen wie an einem Fest fühlte und herumsprang. Die vierjährige Maeko versuchte, sich ihren verwundeten Vater im Spital vorzustellen, aber da Mutter dort so ein trauriges Gesicht gemacht hatte, konnte sie sich nur mit einem unguten Gefühl daran erinnern.

Im Spital zog Maeko mit zwei Fingern die Mundwinkel ihrer Mutter hoch und sagte: »Mach doch bitte ein fröhlicheres Gesicht!« Mutter versuchte vergeblich zu lächeln, ihr Gesicht wurde noch verzerrter und häßlicher.
Maeko war glücklich, nicht noch einmal in das düstere Spital gehen zu müssen, bei der Beerdigung ihres Vaters sprang sie ausgelassen herum.
»Vati ist tot. Vati ist tot und nicht mehr da«, vor sich hinsingend, sprang sie herum und schlängelte sich durch die Leute, die sie nur um so mehr bemitleideten und sich mit dem Rockzipfel ihre Tränen abwischten.
Mayuko, ihre Mutter, starrte Maeko mit einem versteinerten Gesicht an; nur schon wegen dieses schrecklichen Gesichts ihrer Mutter haßte Maeko ihren verstorbenen Vater.

Ein Jahr später jedoch, als Tiger von einem Lastwagen überfahren wurde und starb, weinte Maeko laut, umarmte die blutverschmierte und mit Haaren verklebte Katzenleiche und ließ sie nicht mehr los. Ryū hingegen, der Tiger so lieb hatte, fürchtete sich vor diesem schmutzigen Ding, das sich nicht mehr bewegte, und bekam Angst. Selbst das Einpacken von Tiger in eine Kartonschachtel überließ er Maeko. Sie legte die tote Katze hinein, und erst als sie den Deckel schloß, nahm Ryū die Schachtel in die Arme; sie war jedoch um ein vielfaches schwerer als der lebende Tiger, den er so oft in den Armen gehabt hatte. Unter

einem Osmanthus-Baum in der Nähe der Rosenhecke machten sie ein Loch und vergruben die Schachtel.
Sie erinnerten sich an die Beerdigung ihrer Eltern, errichteten einen Altar auf dem Rasen und sangen eine Melodie im Chor, als ob sie ein Sutra rezitierten.
Auf den Erdhügel häuften sie Steine in Pyramidenform und errichteten so Tigers Grab. Anschließend brachten sie davor Schmetterlinge und Flügelinsekten dar, mit denen Tiger so gerne gespielt hatte. Vor die Katze, die sich nun nicht mehr bewegt, gehören bewegungslose Körper ohne Leben, dachten sie, und formten einen langen Ameisenzug. Dieser lange Zug von toten Ameisen war für sie eine grandiose Beerdigung, die sie sehr befriedigte.

Darauf verwandelten sie sich wieder abwechselnd in Tiger und erinnerten sich an Tiger, als er noch lebte. Ryū bohrte seine Finger in Maekos Ohren, Handflächen und zwischen ihre Zehen und versetzte sie in freudige Erregung, indem er ihr seine pfirsichfarbene Zunge zeigte.
Maeko kugelte sich auf Ryūs Knien zusammen und biß mit ihren Zähnen, wenn auch nicht ernsthaft, leicht Ryūs Finger, die er nach ihr ausstreckte. Er bedauerte sogar, daß Maeko ihre Fingernägel nicht so spitz herausgleiten lassen konnte wie Tiger.
Ryū goß etwas Milch in eine Schale und stellte sie auf den Boden, worauf sich Maeko auf alle viere fallen ließ und die Milch schlürfend aufleckte.

Er warf einen Ball, Maeko sprang dem Ball nach und rollte sich auf den Tatami kugelrund zusammen. Dann legte sie sich vor Ryūs Füßen hin und zeigte ihren Bauch; mit ihren Vorderbeinen fing sie ihn ein, indem sie so tat, als wolle sie ihn an Kopf und Beinen kratzen. Ryū schüttelte sie energisch ab, stieß sie beiseite und ging stolz davon.

»Als der kleine Ryū Maeko dazu brachte, Tiger nachzuahmen, rief deine Frau einen Gärtner und ließ einen Bambuszaun errichten.«
Auch als die Katzen hassenden Eltern tot waren, spielten die Kinder das Tiger-Spiel weiter. Jetzt ist der Bambuszaun alt und verlottert; im Nu waren fünfzehn Jahre vergangen. Und diejenigen, die den Zaun haben flicken lassen, sind gestorben.

12

»Erinnerst du dich an damals?«
»...«
»Ganz früher einmal war ich mit dir zusammen im Haus in der Provinz Ibaraki.«
»Ja, ich erinnere mich.«
Haku störte sich damals an seinem dünnen Bart, der zu sprießen anfing. Erst als ein weißer Schmetterling dahergeflogen kam und sich auf den Bart setzte, merkte Mayuko, daß Haku sich seiner Bartstoppeln genierte.
Der Blütenschmetterling setzte sich auch auf Mayu-

kos Lippen. Ihre Lippen spielten mit einer Schmetterlingsblüte, da erinnerte sie sich an die Geschichte von der Katze, die in jedes kleine Loch hineinschlüpfte, während sie mit den Barthaaren die Gefahr maß. Diese Neugier richtete die Katze zugrunde.
Bald war das Loch, in das sie hineinschlüpfte, das Nest eines Skorpions, bald war es die Waschmaschine oder der Ofen, dessen Deckel unverhofft geschlossen wurde.
Der Weg der beiden führte auf eine Anhöhe, die von Kastanienbäumen bedeckt war und wo es Gräber gab. Von der Anhöhe aus konnte man einen Weiher sehen, den Mayuko Haku zeigen wollte; sie hatte gehört, ihr Vater habe darin als Knabe geangelt.
Der Ort war Begräbnisplatz von Generationen von Vorfahren ihrer Familie. Unter den Grabsteinen gab es auch solche, deren Inschriften man nicht mehr lesen konnte; übereinandergetürmt lagen sie mitten im Wald.
In dem Hain war es auch tagsüber dämmrig, und es blühten viele Urashima-Gräser.
»Die sehen aus, als ob *Urashimatarō* am Angeln wäre, diese Blüten. Deshalb nennt man sie Urashima-Gräser.«
Sie lehrte ihn, was ihr einmal die Großmutter beigebracht hatte.
Mitten aus einer schwarzen Blüte, die sich wie eine Flamme zur Seite neigte, hing ein langer dünner Faden herunter.
In dem glänzenden Teich spiegelte sich Mayukos

Schatten, und ihr Haar sah aus wie die sich im Wind wiegenden silberfarbenen Ähren des Stilblütengrases.
»Wie die Großmutter«, sagte sie, indem sie ihr Haar in den Händen hielt.
»Wieso?«
Haku betrachtete Mayuko, es blendete ihn. Er schaute auf den Teich hinab, der ihre Nackenlinie zurückspiegelte; es sah so aus, als ob sie entschlossen den Hals ausstreckte.
Mayukos Großonkel war so etwas wie ein *Biwa*spieler gewesen. Als Kind hatte er mit einem Bambuspferd gespielt, war gestürzt und hatte sich den Bambus in die Augen gestoßen. Da er so seine Sehkraft verloren hatte, begann er Biwa zu spielen. Bei dem Lied vom unglücklichen *Taira Atsumori* vergoß Großmutter immer unweigerlich Tränen. Man hätte meinen können, der Großonkel trage das Stück vor, um Großmutter zum Weinen zu bringen.
Obwohl der Großonkel nichts sah, schien er zu wissen, warum die Frau seines älteren Bruders weinte. Mayuko empfand es als eine merkwürdige Übereinstimmung, daß der Großonkel nur dann Taira Atsumori vorzutragen begann, wenn Großmutter bei ihm saß. Bisweilen hielt Großmutter Mayuko in den Armen, und ihre Tränen fielen auf Mayukos Stirnlocken und benetzten ihre Wangen. Mayuko hatte immer das Gefühl, der Großonkel schaue dabei zu, obwohl er doch gar nicht sehen konnte.
Dieser Großonkel verbrachte sein ganzes Leben in

einem Zimmer in Großvaters Haus. Als Mayuko fünf wurde, starb er. Er war Junggeselle gewesen, und doch hieß es, er habe irgendwo ein Kind.

»An Großmutters Hals ist eine Geschwulst«, sagte Mayuko. Sie dachte, es ist besser, ihn über die große Geschwulst an Großmutters Hals zu informieren, bevor ich ihn mit ihr bekannt mache. Mayuko sagte Großmutter mehrmals, die Geschwulst werde verschwinden, wenn sie in einer Mondnacht wie der Beulenentferner mit den bösen Geistern tanze, aber Großmutter ging schließlich doch nicht hin. Das gehe nicht, sagte sie, da Großvater immer der Gute und sie immer die Schlechte zu sein habe.

Die Eingangsdiele des Hauses war geräumig und sonnig. Großmutter hatte dort immer mit den seidenen Jonglierbällen mit Mayuko gespielt. Der Hauseingang lag wohl gegen Süden. An der Vorderseite war das Dach vorspringend, und der Gang war so schrecklich groß wie in einem Tempel oder in einem Palast.

Die Eingangsdiele diente früher dazu, offizielle Gäste zu empfangen. Seitlich war eine gewöhnliche Schiebetür, hinter der ein Innenkorridor mit dem Kücheneingang lag. Soweit sich Mayuko erinnerte, war die geräumige Diele immer der Ort gewesen, an dem sich Mutter und Kind sonnten. Heute würde man sagen, man habe sie als Terrasse oder als Sun-room verwendet. Wie eine Katze mit ihren Jungen, so hockten die Frauen dort, strickten, und die Kinder spielten. So ändert sich ein Brauch in nur drei Generationen.

Am Eingang stand ein Wandschirm, auf dem ein Flußkobold unter einem Kirschbaum zu den blühenden Ästen aufschaute.
Großmutter bedauerte, daß es nicht ein goldener Wandschirm mit Pfingstrosen war. Sie liebte Bilder mit Pfingstrosen, Kranichen und Kiefern.
Einmal kam unter einer schwarz gewordenen Holztüre beim Schrubben ein Bild mit Kranichen und Kiefern hervor. Niemand im Haus hatte gewußt, daß ein Bild auf der Holztüre gemalt war, und alle bestaunten es wie ein vom Meeresgrund geborgenes Juwel.
Mayuko sagte: »Das ist wie ein Bild auf den Spielkarten«, da blickte Großmutter sie scharf an. Von da an glaubte Mayuko, es sei unstatthaft, Spielkarten als Vergleichsobjekt zu gebrauchen.
Großmutter erklärte feierlich, es liege in der Tradition der Familie, Literaten und Maler zu unterhalten; da die Türe aus Keyaki-Holz sei, handle es sich sicher um ein wertvolles Bild. Großmutter glaubte diese Belehrung in einem angemessenen, melodischen Tonfall gegeben zu haben. Sie streckte ihren Hals gerade wie ein Kranich, und Leute, die sich nicht daran erinnern konnten, daß sie als junge Frau mit ihren abfallenden Schultern als Schönheit gepriesen wurde, schätzte sie als dumm ein.
»Wenn du willst, daß Oma dich für gescheit hält, brauchst du ihr bloß zu sagen: Mayuko ist ganz die Großmutter.«
Als Mayuko dies sagte, gab Haku gleichgültig zurück:

»Das ist mir doch egal, ob deine Großmutter mich für klug hält oder nicht.«

»Ich möchte dich aber als klug hinstellen«, entgegnete Mayuko steif.

»Na ja, wenn du unbedingt willst, sag' ich es eben«, meinte Haku.

Als er Großmutter traf, leierte er herunter: »Mayuko ist ganz die Großmutter.« Während er dies sagte, starrte er unentwegt auf Großmutters große Geschwulst.

Unerwartet und ganz sachlich antwortete Großmutter: »Hoffentlich bekommt sie keine Geschwulst wie ich«, und durchkreuzte so den gut durchdachten Plan.

Mayuko zeigte Haku ein altes Photoalbum, um ihm zu beweisen, daß Großmutter früher eine vornehme Frau mit guter Figur gewesen war.

Das Photo war retouchiert und sah wie das Bild einer Theaterinszenierung aus. Haku sah ein schlankes Mädchen in einem hellen Kimono mit großem Ausschnitt und langen, aufgebauschten Ärmeln. Ungläubig verglich er die Photographie mit der alten Frau mit der Geschwulst.

»Die kleine Maeko ist ganz wie Großmutter auf diesem Photo geworden«, sagte Haku, wie er ein Bild anschaute, das Maeko in japanischer Tracht zeigte, als sie zusammen mit Ryū nach Europa aufbrach. Und wirklich schien Maeko mit ihrem langen Hals, den herabfallenden Schultern und ihrer schlanken Taille eine Wiedergeburt der Großmutter zu sein, während Mayuko, ihre Mutter, die sie geboren hatte, der Großmutter nicht besonders glich. In zehn Jahren wird wohl auch Maeko aufleben, wenn ihr jemand sagt, sie sehe wie achtzehn aus, obwohl sie dann schon über dreißig ist; und sie wird diejenige Person für einen klugen Kopf halten.

Da Ryū an eine Universität in Europa ging, hatte Maeko ihre Mutter bedrängt, auch sie wolle an eine europäische Hochschule gehen. Dabei hatte sie Mayuko mit stechenden Augen angestarrt, bis diese widerwillig zustimmte. Als sie so die Zusage ihrer Mutter erreicht hatte, standen Maeko Tränen in den Augen, genauso wie Großmutter bei der Ballade über Taira Atsumori.

Mit ihren stechenden Augen hatte Maeko sagen wollen: »Falls Mutti mich von Ryū getrennt hätte, hätte ich sie umgebracht.«

Nicht nur um ihre Tochter vom Muttermord abzuhalten, sondern auch um Ryū loszuwerden, der sie mit den Augen von Hakus verstorbener Frau anstarrte, war Mayuko nichts anderes übriggeblieben, als Maeko den Europa-Aufenthalt zu gestatten. Und so flog der Kranich über das Meer. All dies wollte sie ihm sagen, deshalb begann Mayuko Haku vom Kranichbild auf der Holztür zu erzählen; aber er fing an, vom hohen Baum neben dem Eingang zu Großmutters Haus zu plaudern.

Die Blätter jenes Baumes rauschten unheimlich. Zum Erstaunen aller war er über und über mit Seidenraupen bedeckt, die alle Blätter auffraßen.

Mayuko erinnerte sich vage, wie ihr Vater vor langer Zeit erzählte, einmal sei jener große Baum in einer Nacht kahl gefressen worden. Zu Haku sagte sie, die Seidenraupen seien sicher wieder zurückgekommen. Sie wußten nicht, ob dies ein Vorzeichen für Glück oder Unglück war; aber die Geschichte von Lebewesen, die sich zu gewissen Zeiten plötzlich so unglaublich vermehren, ließ damals Hakus Augen aufleuchten. Dieses Leuchten in seinen Augen konnte man als Freude am Untergang auffassen.

»Es raschelte und knisterte. Was ist wohl aus dem Baum geworden?« sagte Haku.

»Ich erinnere mich gut an das Haus. Als wir ankamen, meinte ich, es sei ein seltsames, leerstehendes Haus, in dem niemand wohne.«

Damals erbrach Mayukos älterer Bruder wieder Blut. Mutter und Großmutter saßen mit hängendem Kopf an seinem Bett.

Mayuko und Haku traten ins Haus. Sie öffneten die leichte, mit durchscheinendem Reispapier bespannte Schiebetür, aber sie hatten das Gefühl, niemand sei da. Sie öffneten auch die feste Schiebetür dahinter; auch dort war keine Spur von einem Menschen. Das nächste Zimmer war ebenfalls leer.

Sie machten die Holztür zum Wandkasten auf. Das indigoblau gefärbte Bettzeug mit dem Chrysanthemenmuster im Kasten verlor seine Form, und ein Geko kletterte den Pfosten hinauf. Die Tatami gaben bei jedem Schritt elastisch nach. Hinter einer weiteren Schiebetür befand sich ein niedriger Schreibtisch mit einem angefangenen Brief darauf. An einem Kleiderständer hing ein gestreifter Kimono. Wieder öffneten sie eine Schiebetür und eine *Tokonoma*-Nische kam zum Vorschein. Auf einem in die Wand eingelassenen Regal blitzte das Auge eines Drachen auf, der mit einer Kristallkugel spielte. Das zerrissene Reispapier der Schiebetür flatterte im Wind. Aber vom Weihrauchgefäß stieg ein dünner Rauchfaden auf.

Im Gang bogen sie um die Ecke und gelangten in das Zimmer mit dem Hausaltar. In dem dunklen buddhistischen Hausaltar drängten sich die Seelentäfelchen, gebrochen lag die lange Aschenspur eines Räucherstäbchens da. Das damastene Bettzeug war ausgebreitet, und jemand schlief darin.

Was da schlief, war ein hölzerner Buddha. Die Statue hockte auf den Fersen und spielte Biwa; als Mayuko sie aufnahm, kam Blut in die Lippen der Buddha-Statue.

Das Bettzeug aus Damast paßte gut zu der Buddha-Statue, wie eine Stola. Weshalb wohl war das alles so hergerichtet?

Die Biwa-Saiten waren gerissen, das Holz war morsch. Auf dem morschen Holz lag starr ein vertrockneter Nachtfalter, seine verkrümmten Beine waren ein wenig in das morsche Holz eingesunken. Sie berührte den Falter; er fiel mit dem Bauch nach oben auf das Bettzeug.

Dann kam Großmutter vom Gartenhaus her und rief mit jugendlicher Stimme ›ach du lieber Himmel!‹.

Worauf Haku wie eine federbetriebene Puppe mit Bauchrednerstimme verlauten ließ: »Mayuko ist ganz die Großmutter, nicht wahr?«
Großmutter lächelte über das ganze Gesicht.
Eilig fragte Mayuko: »Wie geht's dem älteren Bruder?«
»Es geht ihm nicht so gut. Das heißt, er hat sich wieder beruhigt.«
Großmutter hielt sich zurück und führte Haku nicht zum älteren Bruder, dafür fing sie an, ihm im Besuchszimmer mit den Tatami-Matten Photoalben zu zeigen.
Haku aß damals nicht von dem, was ihm die Großmutter anbot. Er hat sicher Angst, sich anzustecken, überlegte Mayuko.
Bald darauf kam Mutter. Sie ließ die beiden Mundmasken anlegen und führte sie in das Zimmer des Kranken. Lächelnd sagte der Kranke: »Ich habe Blut erbrochen.«
Der Kranke starrte unentwegt die weißen Gesichtsmasken an, die die beiden trugen.
Haku wandte die Augen vom Kranken ab und starrte Löcher ins Gesicht der Großmutter.
»Wieso hast du Omas Gesicht so angestarrt?« fragte ihn Mayuko, während sie ins Gästezimmer schlüpften.
»Großmutter sieht dir überhaupt nicht ähnlich. Ich fing an, hinter ihren Falten nach etwas dir Ähnlichem zu suchen, aber ich konnte nichts finden.«
»Weil du die Augen so aufgerissen hast.«

»Ich wehrte mich dagegen, aber ich mußte immer ihre große Geschwulst anschauen.«
Auch wenn Maeko eine Tochter zur Welt bringt, wird mir wohl niemand sagen, sie gleiche mir, dachte Mayuko.

13

»Wie hast du damals gelebt?« fragte Haku. Er meinte die Zeit nach dem Tod der beiden Ehegatten.
»Willst du es wirklich wissen?« versicherte sich Mayuko.
»Ist dir nicht unheimlich geworden, als du die Kinder der beiden miteinander vertraut werden sahst?«
Mayuko versuchte, es so zu sagen, als ob sie selbst nicht wüßte, wer nun vor ihren eigenen Augen so gut miteinander auskam, die beiden Verstorbenen oder sie selbst, sie, die noch lebten.
Worauf Haku entgegnete: »Haben sich die beiden nicht auch Gedanken darüber gemacht, solange sie lebten?«
»Mit solchen Gedanken im Kopf bin ich schon hinter dem Mitsukoshi-Kaufhaus hin und her gelaufen. Zu jener Zeit ging ich manchmal ohne Ziel in die Stadt und bummelte einfach herum – ich machte dies manchmal, weil Mutter immer an mir herumnörgelte, wenn ich den ganzen Tag zu Hause herumsaß. Ich sah all die ausgestellten Waren, blieb stehen und fragte mich, wieso die Leute so etwas nur begehren können.«

Einmal kam eine Angestellte herbei, zeigte Mayuko einen Spiegel und sagte: »Bitte, treffen Sie Ihre Wahl.« Ihr wurde angst, und sie bekam ein schlechtes Gewissen, wie ein Kunde, der einen Ladendiebstahl versucht hatte. Schnell ging sie an dem Laden vorbei.
Um sie aufzuheitern, kaufte ihr Mutter verschiedene unnötige Sachen. Die Eltern glaubten, sie leide wegen des Schocks über den Tod ihres Mannes an einer Neurose. Sie waren überzeugt, nun für sie und das Enkelkind voll aufkommen zu müssen. Mayuko ging nirgends arbeiten, sondern brauchte die Lebensversicherung und das kleine Entlassungsgeld ihres Ehemannes auf.
Doch mit jedem Tag ging sicherer das Geld zur Neige. Während Mayukos Primarschulzeit war es unter den Kindern Mode, Seidenraupen zu züchten; während man zusah, fraßen die Seidenraupen die Maulbeerblätter auf. Genauso verschwand jetzt das Geld.
Die Haushaltausgaben bestritt die Mutter, Mayuko mußte deshalb nicht hungern. Aber die restlichen Auslagen konnte sie nicht mehr gedankenlos machen wie bisher, doch war dies keineswegs hart für sie: neue Kleider begehrte sie nicht, sie trug alte Sachen wie während des Krieges, und Konsumartikel verwendete sie bis zum Gehtnichtmehr. Ihre Tochter ließ sie umgeänderte Kleider aus der eigenen Kinderzeit tragen, sie selbst ging in Mutters Kimono aus. Mutter konnte das nicht mehr länger mitansehen und kaufte ihr etwas Neues.

Mayuko zeigte kein Interesse an irgendwelchen Luxusartikeln, auch das Geldverdienen, das damals unter Frauen üblich wurde, ließ sie kalt. Kauften ihr die Eltern etwas, war sie nicht besonders dankbar; es schien ihr gleichgültig zu sein, ob sie etwas bekam oder nicht. Sie zog die erhaltenen Sachen freudlos an und blieb gleichgültig; die Eltern glaubten, sie leide sicher an einer Neurose.

Sie selbst aber hatte keinerlei subjektive neurotische Symptome, den ganzen Tag spielte sie mit dem Kind und machte sich keine Gedanken über die Zukunft. Das heißt, seit ihr Mann mit einer andern Frau gestorben war, hatte sich Mayuko angewöhnt, nicht über die Zukunft nachzudenken. Je nach Standpunkt war es ein Glück, daß sie bis dahin von allem nichts gewußt hatte. Hätte sie darüber nachgedacht, wäre das Leben wohl nicht mehr so friedlich gewesen wie bis dahin.

Was nützt es, sich Gedanken darüber zu machen, es könnte vielleicht morgen stürmen oder ein Baum könnte umstürzen? Sie hatten genug zu essen, und so kam sie sich schlecht vor, den andern, die um des Geldes willen arbeiteten, die Arbeit wegzunehmen.

Es mochte ja stimmen, daß Arbeit eine Tugend war, aber wenn Leute mit Geld zum Trotz mit den anderen rivalisierten, durften sie dann für sich die gleichen Rechte beanspruchen, nur weil sie sich auf die gleiche Weise betätigt hatten?

Mayuko hatte noch nie jemanden gesehen, der einen zufälligen Gewinn ohne weiteres mit einem anderen

teilte, und von sich dachte sie auch nicht, daß sie dazu imstande wäre.
Muß nicht jeder Mensch, sobald er denken kann, irgend etwas anfangen? In der Lage, in der sie sich zufällig befand, konnte sie nur so denken.
Ihre Eltern waren nicht reich, aber auch als Vater pensioniert wurde, fehlte es ihnen an nichts. Ginge Mayuko arbeiten und verdiente aus eigener Kraft etwas Geld, sie könnte sich doch nur ein bißchen mehr Luxus leisten als bis dahin. Doch sie konnte sich nicht vorstellen, glücklicher zu werden, wenn sie neue Kleider kaufte und besser aß als jetzt.
Das Haus war alt, aber sie konnte sich vorstellen, bis zum Tod darin zu wohnen. Was Kleider anbelangte, genügte es ihr, alte Sachen zu tragen. Und die Eltern zahlten ihr wenigstens ein Taschengeld, als Hausangestellte sozusagen. In so einer Lage ist man den Umständen besser dankbar. Würde sie arbeiten, hätte sie keine Zeit mehr, sich um Maeko zu kümmern; auch sie selbst wäre übermüdet und hätte keine Zeit mehr, zu träumen und ihren Phantasien nachzuhängen. Mayuko liebte nichts so sehr, wie stundenlang nichts zu tun und Luftschlösser zu bauen. So suchte sie immer einen Grund, um nicht arbeiten zu müssen.
Sitzt man wirklich in der Klemme, unternimmt jedermann etwas. Es ist das Recht der Phantasten, zu glauben, sie könnten alles, wenn sie nur wollten.
Die Eltern hatten ein schlechtes Gewissen, da der Schwiegersohn, den sie für ihre Tochter ausgesucht

hatten, auf so merkwürdige Weise gestorben war. Und so glaubten sie zum Glück, sie müßten für sie und ihre Enkelin aufkommen.

Meine Eltern können ja nicht mit ihren Aktien und Grundstücken aus dieser Welt gehen, dachte Mayuko. Und so las sie von morgens bis abends Romane, trieb sich ohne Grund in der Stadt herum und machte sich ein Vergnügen daraus, interessante Leute zu treffen und mit ihnen zu plaudern.

Sie besuchte Freundinnen aus der Schulzeit, hörte sich deren leicht übertriebene Geschichten, ihre Nörgeleien und Verleumdungen, ihren Ärger und ihren Haß mit an, drückte ihre Bewunderung und Sympathie aus und fühlte mit. Die Prahler waren am leichtesten zu ertragen; die Zornigen ermüdeten am meisten; diejenigen, die Komplimente machten, waren am langweiligsten; und die Neugierigen am interessantesten.

Zuerst bemitleideten sie Mayuko wegen des Todes ihres Ehemannes; als sie hörten, daß eine Frau dabeigewesen war, zeigten sie noch mehr Teilnahme. Sie beneideten sie, da sie ohne das Einkommen ihres Mannes leben konnte, dann schauten sie sich die Sachen an, die sie trug, und beruhigten sich wieder wegen ihrer altmodischen Garderobe.

Das Gespräch lief weiter; ihre Freundinnen konnten nicht begreifen, daß sie trotz der vielen freien Zeit nichts machte und nur herumhing. Sie sagten, sie sei ein Faulpelz, und verachteten sie.

Eine Freundin, die bei der Studentenbewegung mit-

gemacht hatte, konnte ihre Erregung nicht mehr unterdrücken, blitzte sie böse an und sagte scharf:
»Glaubst du nicht, daß eine Gesellschaft, in der Leute wie du leben können, unvernünftig ist?«
»Das kann schon sein.«
»Uns bleibt nichts anderes übrig, als eine Revolution zu machen.«
Auch nach diesen Worten fühlte sich Mayuko nicht betroffen, und so schwieg sie.
»Eine Revolution ist doch so etwas wie Krieg?«
»Nicht mal diesen Unterschied verstehst du. Wegen Leuten wie dir entsteht Krieg. Menschen, die nichts zu essen haben, machen Revolution; unzufriedene und zudem satte Leute machen Krieg. Schäm dich!«
Die Freundin wurde wütend und ging. Mein Gesicht muß schon sehr verträumt aussehen, überlegte Mayuko und schaute ihr nach. Nun, mit Revolution habe ich in diesem Fall nichts zu tun, dachte sie. Sie stellte sich vor, wie die Revolution heranrollt und sie selbst getötet wird.
Als sie wieder einmal ziellos in der Stadt herumlief, näherte sich ihr ein unbekannter Mann und forderte sie auf: »Trinken Sie nicht einen Tee mit mir?«
Sie willigte ein, da sie gerade Durst hatte. Zu zweit gingen sie einen Tee trinken. Er sah aus wie ein gewöhnlicher Angestellter in mittleren Jahren. Er schielte sie von unten an und fragte: »Wieviel?«
Sie drehte die Rechnung um, die die Serviertochter hingelegt hatte, und antwortete »Hundert Yen.« Damals kostete ein Kaffee hundert Yen.

Der Mann schaute sie verblüfft an und lächelte gekünstelt.
Erst jetzt wurde ihr die Sache klar. Sie sprang auf, legte hundert Yen auf den Tisch und verließ das Lokal.
Damals wurde ihr bewußt, wie leicht es war, zu einem Mann zu kommen, wenn sie einen brauchte. Einmal stellte sie sich entschlossen vor dem Bahnhof in Shibuya auf und machte ein Gesicht, als erwarte sie jemanden.
Auch diesmal näherte sich ein unbekannter Mann. Ohne sie zum Tee einzuladen, schlich er sich einfach an sie heran und streckte mal zwei, mal drei Finger neben seiner Hosentasche aus. Sie war diesmal von Anfang an mit dieser Absicht gekommen, und so war sie sich sicher, daß ihr Gegenüber so über den Preis verhandelte. Der Mann war schon älter und hatte eine Brille auf. Als sie seine unanständig breite Nase unter der Brille sah, überkam sie ein elendes Gefühl, und sie machte ein ahnungsloses Gesicht.
Eine Weile später näherte sich wieder ein anderer Mann und fragte: »Warten Sie auf jemanden?« »Ja«, gab sie naiv zurück.
»Ich weiß nicht, vielleicht ist es die Person, auf die Sie warten, sie hat mich gebeten, Ihnen etwas auszurichten«, sagte der Mann ernst, »er ist plötzlich verhindert...«
»Wer ist das, diese Person?« fragte sie zurück.
»Ni..., Nishikawa, ist es nicht Herr Nishikawa?«
»Nein«, sagte sie, worauf der Mann verwirrt vor sich

hin brummte: »Entschuldigen Sie, dann muß es jemand anders sein, ich kenne die Dame ja auch nicht. Man sagte mir, es sei eine schöne Dame, so etwa wie Sie. Wo sie wohl sein mag?«
Sie blieben etwa zehn Minuten nebeneinander stehen, dann sagte der Mann wieder: »Sie kommen nicht, weder die Person, auf die Sie warten, noch die Person, auf die ich warte.«
Er sah wie ein Student oder ein junger Verkäufer aus. »Die beiden kommen sowieso nicht, lassen Sie uns zusammen irgendwohin gehen, ja, das machen wir.« Während er dies sagte, wurde er sehr lebendig.
»Aber, ich warte weiter«, antwortete sie niedergeschlagen.
Sie spürte keine Lust mehr auf Männer, schaute zum Himmel auf, und ihre Augen füllten sich mit Tränen.
»Auf wen warten Sie? Der kommt doch nicht«, sagte der junge Mann wütend, »Sie warten und niemand kommt.«
Mayuko nickte zu den Worten des jungen Mannes. Sie unterdrückte die plötzlich aufwallenden Tränen, indem sie zum Himmel aufschaute.
Der junge Mann starrte sie besorgt an. Möglicherweise ist er die gleiche Art von Mensch wie ich, begann Mayuko zu ahnen, und ihr Herz neigte sich ihm gefährlich zu.
In dem Moment kam von gegenüber ein Freund aus der Gymnasialzeit daher, es war ein wirklicher Zufall.

Sie sagte hallo, ging ihm entgegen und schüttelte ihm die Hand.
Es war kein besonders vertrauter Freund, und er schien es eilig zu haben. Er ging schnurstracks in den Bahnhof und nahm doch der Form halber Rücksicht auf sie. Überstürzt kaufte auch sie eine Fahrkarte, und damit nahm die Sache ein Ende.
Nach diesem Vorfall kamen ihr die Worte eines Menschen aus dem Altertum in den Sinn, der ebenfalls müßig und zurückgezogen lebte und einmal gesagt hatte: Ein kleiner Geist macht in seiner Freizeit nur Ungutes. Für eine Weile wurde sie vernünftig und fing an, Arbeit zu suchen.
Während sie noch suchte, überlegte sie sich, was ist denn eigentlich Arbeit, ist sie nicht auch etwas Ungutes?
Für intellektuelle Arbeit glaubte sie sich nicht geeignet. Sie entschied sich für einen Modeladen, der in einem Aushang am Weg eine Verkäuferin suchte. Aber sagte sie es den Eltern, meinten diese sicher, wenn sie schon an einem solchen Ort arbeite, solle sie die Suche ihnen überlassen, sie würden die Sache für sie einfädeln und ihr einen anständigen Platz finden. Glücklicherweise war die Tochter eines berühmten Juweliergeschäftes an der Ginza ihre Klassenkameradin, dort fragte sie auch um Arbeit. Ihre Eltern schätzten alles, was berühmt war. Die Klassenkameradin erzählte ihrem Vater, Mayuko habe ihren Mann verloren, und wandte sich dann mit der Frage an sie, ob sie nicht lieber im Geschäft ihres Vaters arbeiten wolle.

Mayuko fürchtete, wieder in etwas verwickelt zu werden. Doch sie wollte ihre Eltern überzeugen, ihre Freunde redeten ihr gut zu, und sie konnte die Zeit frei wählen; so entschloß sie sich, an drei Vormittagen pro Woche, während ihr Kind im Kindergarten war, im Modeladen und im Juweliergeschäft zu arbeiten.

Die Atmosphäre in den beiden Geschäften war grundverschieden. Im Mode- und Kurzwarenladen bestand die Kundschaft aus wirklich schäbigen jungen Frauen, die es nicht müde wurden, Blusen und Pullover umzudrehen, an die Brust zu halten und sich im Spiegel zu betrachten. Ihre Aufgabe war es, in der Nähe herumzustöbern, aufzupassen und die Leute zum Kaufen zu bringen. War der Ladeninhaber jedoch nicht anwesend, zog sie sich möglichst in den Hintergrund zurück; erst wenn die Kunden fort waren, faltete sie die wild aus den Umschlägen gezerrte Ware wieder sorgfältig zusammen, verpackte sie und legte sie auf die Regale zurück.

Auch im Juweliergeschäft war der Großteil keine ernsthafte Kundschaft. Sie mußte die immer gleichen Fragen beantworten und die Schmuckstücke polieren.

»Ja, das ist vierzehn Karat Gold, und dies ist achtzehn Karat Gold. Da bei achtzehn Karat die Fassung zu weich wird, benutzt man bei diesem Design fast immer vierzehn Karat Gold. Viele Leute mögen Platin oder Weißgold nicht, da es sich kalt auf der Hand anfühlt. Wenn Sie eine Vorliebe für individuel-

les Design haben, scheinen auch die Steine merkwürdigerweise mehr zu strahlen. Dieser Diamant ist für sein Gewicht recht teuer, dafür ist sein Schliff wirklich fehlerlos.
Ja, was Sie nun in den Händen haben, ist ein Achat, eher ein Schmuckstein als ein Edelstein, zu einem Pullover ist er ganz schick. Das Silber ist 925 Sterling; das eindrucksvolle und moderne Design stammt von einem dänischen Künstler, der letztes Jahr einen internationalen Künstlerpreis erhalten hat.«
Zeigten sich die affektierten Kunden geizig, lächelte sie und pflichtete ihnen eher noch bei. Meistens bestand die Kundschaft aus reichen Frauen oder aus Frauen, die sich von Männern aushalten ließen; aus Müttern und Töchtern mit ehrgeizigen und doch bescheidenen Träumen, aus entschlossenen Männern mit ihren Frauen und aus anmaßenden Männern, die für ihre Firma Geschenke einkauften.
Bald durchschaute sie ihre Kunden, und es kostete sie keine Mühe, sie so zu bedienen, daß ihr Stolz befriedigt wurde.
Ob es sich nun um Modesachen oder um Edelsteine handelte, die Käufer hielten die Waren nie für unbedingt notwendig.
Sie verlangten ein modisches Zubehör und kauften ja nicht nackt ein. Ein Mann in einem warmen Pullover schaute einen Ledermantel an, als ob er beseelt sei. Er zog ihn mehrere Male an, hängte ihn wieder an den Kleiderbügel und betrachtete ihn erneut aus einiger Entfernung.

Sie schaute dem Kunden zu und machte sich ein Vergnügen daraus, wie bei einer Wette zu tippen, ob er den Mantel kaufe oder nicht.

All die Sachen waren für diese Leute nichts als Requisiten in ihren merkwürdigen Träumen. Vom teuren Edelstein, der so viel wie ein Haus kostete, bis zu den Strümpfen versuchten sie, ihren von Geburt an armseligen Körpern so etwas wie eine Aura zu geben.

In dieser Warenwelt besaß auch der unscheinbarste Artikel einen unausweichbaren Mechanismus, der von einem Ding zum andern führte. Zunächst einmal gab es eine Art sich zu kleiden, zu der man ohne Strumpfhosen weder Schuhe noch ein Kleid anziehen konnte. Und obwohl man die alten Sachen noch lange tragen konnte, kaufte man neue hinzu; man folgte der Mode, beruhigte sich und fühlte sich glücklich. Bis zu einem gewissen Grad war dies wohl auch von Nutzen im Alltagsleben. Dank diesen kleinen Anstrengungen fühlten sich die Frauen unter ihren Freundinnen als etwas Besonderes; auch schienen sie zu glauben, mit ihrem Luxus Männer anzuziehen.

Der gleiche psychologische Mechanismus spielte sich bei den Edelsteinen ab. In dem Freiraum, in dem die Leute ihre blöden Accessoirs zusammenstellten, die keinen Bezug zum Alltag hatten, waren sie auf eine seltsame Weise lebendig.

Der Manager des Juweliergeschäfts machte ihr mächtig den Hof, er glaubte sie trösten zu müssen, da sie ihren Ehemann verloren hatte.

Sie schaute sein Gesicht an und stellte sich eine Szene vor, in der ihr Mann vorhatte, mit einer anderen Frau zu schlafen. Dreimal nur war sie diesem Mann zu Willen, da sie sein Wohlwollen nicht verletzen und ihre eigene Neugierde befriedigen wollte. Sie stellte nur fest, daß es wirklich vorkommen kann, daß sich die Frauen keine Sorgen wegen der Seitensprünge ihrer Männer machen müssen.
Der Mann war abwechselnd ängstlich und selbstherrlich, zwischendurch machte er ein gelangweiltes Gesicht und sah zur Seite. Sogar der Vater ihrer Freundin zeigte Interesse an ihr. Halb aus Erbarmen für den alternden Mann, halb aus Neugier war sie ihm einige Male zu Willen. Beide Männer waren ihr gegenüber zurückhaltend und zeigten ihr nur ängstlich ihre Sympathie; so sah sie es. Aber da war nichts, das sich hätte zu Liebe entwickeln können.
Ihr war, als ob sie, anstatt auf der Straße Männer aufzulesen, Männer bekam, indem sie etwas tat, das Arbeit genannt wurde. Oft erinnerte sie sich nun an Vaters viel benutzte Redewendung »Kleine Leute machen in ihrer Freizeit nur Ungutes« oder an Klagen wie »Mädchen und Zwerge sind schwer aufzuziehen«. Und trotzdem, sie hatte das Gefühl, sie wäre auch dann nicht erwachsen geworden, wenn sie als Mann zur Welt gekommen wäre. Würde sie dann nicht doch nur auf eine Frau treffen, etwa so wie sie? Nun, sie war als Frau geboren, da genügte es, um erwachsen zu werden, zu heiraten, den Mann zu umsorgen und Kinder aufzuziehen. Oder sollte man etwas tun, das

gesellschaftlich auffällt, zum Beispiel eine Kette von Modegeschäften leiten? Doch ihr Herz rührte sich überhaupt nicht bei solchen Überlegungen.
Etwa zu der Zeit, als ihre Tochter Maeko in die Primarschule eintrat, kam Ton vorbei. Ton interessierte sich früher sehr für Sagen und Märchen, jetzt half er einer Amerikanerin bei der Übersetzung japanischer Volksmärchen ins Englische. Er bat Mayuko, diese Arbeit zu übernehmen; daraufhin gab sie die Anstellung im Geschäft auf.
Mayuko verschwieg, was sie hatte sagen wollen, aber Haku stellte seine Vermutungen an. Mayuko wunderte sich, daß Haku nicht danach fragte, was früher zwischen ihr und Ton vorgefallen war.

14

»Es war etwa zur Zeit des Klees, nicht?«
»Ach so.«
»Du erinnerst dich nicht?«
»Doch, es war eine Halbmondnacht im Herbst.«
»Nachdem du gegangen warst, fielen die Blütenblätter des Klees. Der Klee unter dem Fenster war im Nu verdorrt.«
»Es gab Spinnen, und ich versuchte, sie aus dem Kellerfenster ins Freie zu treiben. Da war mir, als ob ich Licht in deinem Fenster sah.«
»Obwohl jene Person den hohen Bambuszaun errichten ließ.«
»Man hat den Zaun wieder sorgfältig geflochten, und

trotzdem ist Tiger auch danach zu euch gegangen.«
»Da war er schon kaputt, der Zaun. Als er loser wurde, haben ihn die Kinder noch ganz zerschlissen. Nachdem jene Person gestorben war.«
»Als Kind lag ich oft unter jenem Fenster auf dem Bauch, ich schnitt Grimassen, sobald ich dich aus dem Fenster lehnen sah.«
»Damals war es kein Bambuszaun, sondern eine löchrige Kamelienhecke.«
»Auf der Seite zu eurem Haus war bei uns nur das Kellerfenster des Anbaus.«
Die Westseite von Hakus Haus und die Ostseite von Mayukos Haus stießen aneinander, doch man konnte nur ein Zimmer des L-förmigen Anbaus ein wenig sehen. Zwischen den Häusern wuchsen Azaleen und Hortensien; der Abstand war so, daß man nicht ohne weiteres miteinander sprechen konnte. Nur die Kinder legten sich am Kellerfenster auf den Bauch, lehnten sich vor und schrien lauthals. Von Mayukos Zimmer aus konnte man die Schritte hören, wenn jemand das Nachbargrundstück durchquerte.
»Als ich zu dem kaputten Zaun kam, hattest du kein Licht mehr in deinem Zimmer. Damals warst du aber immer bis etwa zwei Uhr nachts auf, und es war erst zwölf.«
»Wieso wußtest du das? Hast du jeden Abend durch das Kellerfenster geguckt?«
»Ich brauchte gar nicht zu gucken, das Licht reflektierte im Kellerfenster, wenn du oben dein Zimmer

verdunkelt hattest. Im Dunkeln dachte ich nach und merkte, wann du das Licht gelöscht hast.«
Haku hatte auch jetzt noch die Gewohnheit, im Dunkeln nachzudenken.
»Wieso bist du nicht früher gekommen?«
»Nun, ich war wohl eine Schlafmütze, wie du es sagst.«
»Ich hätte nicht gedacht, daß du wirklich kommst.«
Haku hatte ans Fenster geklopft und seinen Namen genannt; nach einer Weile öffnete Mayuko das Fenster, ohne das Licht anzumachen.
»Ich hatte schon lange von einem unsichtbaren Mann geträumt, der mich besuchen kommt.«
Damals sprachen sie nichts. Es war eine Halbmondnacht, man konnte den Körper des Partners weißlich sehen, ohne das Licht anzumachen.

15

Bald nach seiner Rückkehr aus Amerika kam Ton bei Mayuko vorbei, um ihrem verstorbenen Bruder Räucherstäbchen darzubringen. Es war um den siebten Jahrestag seines Todes. Mayukos älterer Bruder war etwas älter als Ton gewesen.
»Als kleiner Knabe wurde ich anscheinend immer von deinem älteren Bruder maltraitiert.
Als ich fünf war, soll dein älterer Bruder, er war schon Primarschüler, meinen Kopf auf die Erde gedrückt und mich richtig zusammengequetscht haben.
Ich kann mich nicht mehr genau daran erinnern,

doch meine Mutter hat es mir oft erzählt. Allerdings bin ich dann mit Haku ebenso verfahren. Mutter meinte, ein richtiger Knabe habe immer irgendwo Wunden. Haku renkte sich einmal die Schulter aus, als wir miteinander rauften, für Mutter war es nichts Ungewöhnliches, sie wieder einzurenken. Seine Knochen haben sicher keine tiefen Gelenkpfannen...«
Ton legte seinen Kopf skeptisch zur Seite.
»Mutter war das einzige Mädchen von fünf Kindern, sie wurde wie eine Prinzessin erzogen, inmitten ihrer Brüder, die sich von morgens bis abends stritten. Sie war der Ansicht, daß Raufereien nun mal zu Knaben gehören.
Es machte mir gar nicht soviel aus, von deinem älteren Bruder maltraitiert zu werden. Als ich noch im Watschelalter war, soll er mir einmal einen ganzen Busch Haare ausgerissen haben. Mutter erinnerte sich gut daran und erzählte immer voller Stolz: Du hast gar nicht geweint, nur dein Kopf lief rot an, dann hast du ihm Kieselsteine ins Gesicht geworfen und starrtest ihn scharf an. Mit der Zeit wurde ich stärker. Einmal prügelten wir uns wieder, und ich würgte deinen älteren Bruder. Obwohl ich noch ein Kind war, glaubte ich, er stirbt, wenn ich weitermache.
Aber dein älterer Bruder kapitulierte nicht. Er gab nicht auf, doch plötzlich hatte ich Lust, ihn freizulassen.
Das war das letzte Mal, daß wir uns gerauft haben.«
Hat etwa Ton mit seinem jüngeren Bruder die glei-

chen Erfahrungen gemacht, und redet er deshalb so versöhnlich, überlegte Mayuko.
»Ich war doch in der Schule nicht so gut wie dein älterer Bruder und Haku. Es wurde gefährlich, wenn ich nicht nach oben und unten meine Ellbogen brauchte, das ist meine instinktive Verteidigung.«
Ton lachte.
»Während des Krieges hast du *Kendō* und Jōdō gemacht, nicht wahr?«
»Ja – dein älterer Bruder war voller Verachtung, als ich zur Marine ging.«
»Aber damals nahm man doch nur sehr begabte Leute in die Marine auf.«
»Dein älterer Bruder hatte da einen anderen Maßstab für Begabung. Meine Begabung reichte gerade aus, um zufällig in die Marine zu kommen. Ich studierte nicht besonders gerne. Mein Vater führte damals Arbeiten für die Marine aus, deshalb verstehe ich die Verachtung deines älteren Bruders für Marinesoldaten. Vielleicht war es nichts anderes als eine negative Reaktion darauf.
Sterben muß ich ja so oder so – so fühlte ich damals. Wenn man dem Taifun nicht entfliehen kann, ist es besser, mitten in sein Auge zu gehen – um den Krieg kam man damals nicht herum...
Wäre ich ein bißchen klüger gewesen, hätte ich vielleicht versucht, Zeit zu gewinnen. Denk mal an die Zeit, als wir den Krieg verloren... Ich war nicht so klug und überlegte mir schon, mein Leben zu beenden. Ich stellte mir vor, was dein älterer Bruder für ein Gesicht

gemacht hätte: Der Vater profitiert von der Marine, und der Sohn kommt in der Marine um.
Dein älterer Bruder starrte mich immer so an. Er hat immer viel gelesen.«
»Weil er krank war.«
»Ist er nicht krank geworden, weil er nur Bücher las und nie nach draußen ging?
Als ich von der Marine zurückkam, war dein älterer Bruder schon tot, irgendwie war ich enttäuscht – ich hatte keinen Widersacher mehr, und ich hatte zu nichts mehr Lust.
Ein Konkurrent ist gestorben. Und doch, lebte er noch, er hätte sich einigem widersetzt, was ich gemacht habe. Daß ich nach Amerika ging – und auch dem Theater-Spielen.«
Während sie zuhörte, dachte Mayuko nicht so sehr an ihren verstorbenen Bruder, sondern an Haku, der noch lebte.
Damals war im Zaun zwischen den beiden Häusern eine einfache Bambustür, so konnte man sich im Garten treffen. Es war an dieser Bambustür, als Mayuko einmal beim Heimgehen nach Haku fragte, der in Kyōto zur Schule ging. Ton zuckte mit den Achseln und sagte leichthin: »Der Kerl soll mit einer Frau zusammenleben.«
Diese Gestik gehörte zu einem Mann, der aus Amerika zurückgekehrt war, und war nicht einmal abschätzig gemeint.
Aber Mayuko gab ihm im gleichen unverfänglichen Ton, als ob sie mit ihm kokettiere, zurück:

»Er überanstrengt sich sicher, da er mit dir wetteifern will.«
Worauf Ton ganz bescheiden, in der sympathischen Art eines mit sich selbst Zufriedenen, antwortete:
»Das kann gut sein, aber was denkt sich der Kerl dabei...«
Damals war Mayuko noch an der Mädchen-Uni, und Ton sah furchtbar süß aus.

Einige Tage später kam Ton wieder vorbei, sie ließ sich auf ein Gespräch ein. Die Eltern waren nicht zu Hause. Als sie Tee einschenkte, küßte er sie plötzlich und versuchte, sie hinunterzuziehen. Es kam so plötzlich, daß sie vor Angst wie versteinert dastand. Sie verharrte regungslos, und da sie gleich laut loszuschreien schien, blickte Ton voller Furcht zu Boden und sagte irgend etwas. Aber sie verstand seine Worte nicht.
Bald tauchte auf seinen Lippen ein verächtliches Lächeln auf. Dieses Lächeln verletzte sie zutiefst.
Dieses verächtliche Lächeln schien, als wollte er sagen: Was erschrickst du so, wegen so was. Er sah nicht so aus, als wolle er ein Liebesgeständnis machen. Mayuko wenigstens schien es so. Sie starrte ihn an und dachte, so machen es sicher die Amerikaner, oder wenigstens die ungebildeten Amerikaner.
Unterdessen wurde es ihm peinlich. »Wir, wir haben an ganz verschiedene Dinge gedacht«, sagte er und ging weg.
Bald darauf stimmte sie dem Vorschlag der Eltern zu,

einen Bräutigam für sie zu suchen und ihn zu adoptieren.
Irgendwo in ihrem Herzen wartete Mayuko sehnsüchtig darauf, daß Ton ihr noch etwas anderes sagen würde. Einige Tage später traf sie vor dem Tor auf Ton; er spazierte mit Mayumi, die wie ein Mischling aussah, vorbei. Von da an ignorierte Mayuko Ton vollkommen.
Der mag Ausländerinnen, bitte, mach, was du willst, dachte sie. Ton führte stolz sein schönes Mädchen vorbei, sie jedoch zeigte sich uninteressiert.
Mayumi kam bald darauf im Fernsehen, wo sie sehr geschickt die Rolle einer bösen Frau spielte, die in Wirklichkeit jedoch gar nicht schlecht war.
Wann nur habe ich Ton später wieder getroffen? Mayuko versuchte sich zu erinnern.

16

Mayuko und ihr Mann waren zur Hochzeitsfeier eines älteren Studienkollegen eingeladen worden, dort trafen sie Ton und seine Frau.
Weder Mayuko noch Ton hatten sich gegenseitig zu ihrer Hochzeit eingeladen, bei diesem offiziellen Anlaß trafen sie sich zum erstenmal wieder.
Die heutige Braut war an Tons und Mayumis Theater für die Kostüme zuständig. Sie war bekannt für ihre vielen Männergeschichten und stand, wie fast alle wußten, am Anfang einer Schwangerschaft.
Es hieß, der Bräutigam wisse dies und sei bereit, sie

mit dem Kind zu heiraten. Auf Wunsch der Braut erschienen alle geladenen Gäste mit ihren Ehepartnern.

»Sicher waren etliche der hier anwesenden Ehemänner mit der Braut sehr vertraut«, lachte Mayumi bedeutungsvoll und schaute dabei zu Ton, ihrem eigenen Ehemann.

Ton lächelte verschmitzt und ließ Mayumi reden. Mayukos Mann sprach Ton, den Freund seiner Frau aus der Kinderzeit, an:

»Ich habe schon von Ihnen gehört. Wie Mayuko erzählte, sind sie wie Bruder und Schwester aufgewachsen, so kennen Sie Mayuko bestimmt fast besser als ich.«

»Als Mayuko heiratete, hatte ich das Gefühl, als ob sie mir gestohlen würde. So scheint es allen Männern zu gehen, wenn eine Frau heiratet, die sie mehr oder weniger gut gekannt haben«, antwortete Ton gewandt.

Genau wie die Männer nimmt es eine Frau einem Mann übel, wenn er eine andere Frau wählt. Mayuko beobachtete den Blick ihres Mannes und sah, wie sein Interesse für Mayumi erwachte. Immer wenn Mayumi im Fernsehen kam, schaute er zu, auch wenn es ein langweiliges Programm war.

Mayumi sprach über einen weißhaarigen Gentleman, der im Saal erschienen war. Er hatte einen Namen in der Finanzwelt und war mit der Braut befreundet.

Dieser weißhaarige Gentleman hatte zusammen mit Mayukos Vater das Gymnasium und die Universität besucht. Als sie einmal mit den Eltern in der Stadt war, trafen sie ihn zufällig, man setzte sich in ein Café und plauderte miteinander. Es war noch vor Mayukos Hochzeit. Er sagte etwas wie: »Wenn schon eine so gute Braut da ist, muß ich mich unbedingt um sie kümmern.« Auch der Vater bat ihn darum und versuchte Mayuko in ein gutes Licht zu stellen. Obwohl Mayuko nicht daran gedacht hatte, sich an diesen Gentleman zu verkaufen, so hatte sie sich doch ganz bewußt bemüht, einen guten Eindruck auf ihn zu machen.

Ihr Mann sagte, es sei wohl besser, diesen Gentleman zu begrüßen, denn er sei ja auch bei ihrer Hochzeit gewesen. Da war es Mayuko, als ob sich Mayumis Interesse mit einemmal verstärkte, und sie dachte, es ist wohl nicht die Braut, sondern Mayumi selbst, die mit diesem Gentleman vertraut ist.

Mayuko erhob sich und ging zusammen mit ihrem Mann zu diesem Gentleman, dem Freund ihres Vaters, um ihn zu begrüßen.

»Ah, Sie sehen wirklich wie eine junge Ehefrau aus!« sagte der Herr mit den weißen Haaren. Mayuko erzählte ihm, die Braut sei in der gleichen Schauspielertruppe wie das junge Ehepaar aus dem Nachbarhaus. Er staunte und meinte ganz unbefangen: »Wie klein die Welt doch ist! Unsere Firma unterstützt diese Schauspielertruppe ein wenig.« Und dann fuhr er wie ein Mann von Welt fort, die japanische Finanzwelt sei es sich schuldig, Unternehmen im Kulturbereich noch mehr zu fördern.

Unverzüglich meinte Mayukos Ehemann: »Ja, früher gab es viele solche reichen Leute. Mayukos Großvater hat immer Schriftsteller und Maler unterstützt, und sie schmarotzen und frei schaffen lassen.« Es war, als ob er mit dem, was er nur vom Hörensagen kannte, die Werbetrommel rühren wollte. Aber dein Vater und du selbst verabscheuen Künstler, dachte Mayuko bei sich. Ihr Mann fügte hinzu: »Künstler heutzutage sind recht schwierige Leute, außer den Produzenten, die mit ihnen zu tun haben, trauen sie niemandem.«
»Künstler sind ängstlich, obwohl Sie besser nicht darauf achten sollten«, sagte der Mann mit den weißen Haaren bedeutungsvoll. Doch mitten im Satz nahm er die Andeutung wieder zurück, indem er die Achseln zuckte und zu Mayumi hinüberschaute.
»Ach, jene Schauspielerin ist also eine Bekannte von Ihnen.«
Mayukos Mann senkte seinen Kopf und meinte, als ob er ein Förderer von Mayumi sei: »Ich hoffe, wir bleiben weiter in Verbindung. Sie ist eine feinfühlige Schauspielerin, glaube ich.«
Im Bildteil eines Magazins hatte Mayuko einmal ein Photo mit der Großfamilie dieses Mannes gesehen: Es zeigte ihn zusammen mit seinen Söhnen und Töchtern, deren Ehepartnern und seinen Enkelkindern.
»Ja, seit er in den mittleren Jahren steht, ist mein Mann stolz auf seine weißen Haare; sein einziger Spleen ist, sich die Haare mit Eiern zu waschen.« Diese Worte der vornehmen alten Dame standen neben der Photographie.

Als Mayumi zurückkam, zeigte sie mit dem Kinn auf ihn und sagte:
»Sicher hat er heute ein Zimmer im Hotel reserviert, in dem er heute nacht mit seiner Herrin wie Braut und Bräutigam übernachten wird.«
Der Herr mit den weißen Haaren zeigte eine Vorliebe für solche Sachen.
»Ich habe es von ihm selbst vernommen«, sagte Mayumi anscheinend selbst überzeugt.
»Und vor der Hochzeit hatte er im gleichen Zimmer mit einer der hier anwesenden berühmten Damen ein Rendezvous.«
Mayumi schaute sich nach den fein angezogenen Damen um, als ob sie jemandem auf die Spur gekommen sei.
Mayukos Ehemann starrte unentwegt in Mayumis Gesicht. Ton sah Mayuko an, und ein feines Lächeln spielte auf seinen Lippen.
»Ob die Braut heute nacht dem Bräutigam auch solche Geschichten erzählt?«
Auf diese Frage von Mayukos Ehemann antwortete Mayumi:
»Nicht heute nacht, der Bräutigam weiß das alles schon. Er hat sie sicher geheiratet, weil ihre Geschichten so interessant sind.«
Mayukos Mann hielt nicht viel von den Brüdern des Nachbarhauses; um so mehr interessierte er sich für die Frauen der beiden. Er beneidete Ton und Haku darum, eine Schauspielerin und eine Barhostess zur Ehefrau zu haben, aber gleichzeitig verachtete er sie.

Er war überzeugt, daß beide mehr oder weniger Angeber und Zuhälter seien. Vielleicht dachte er sich auch, solche Frauen hätten nichts dagegen, wenn er sie kaufte.
Indem er sein Interesse an Mayumi so offen zeigte, wollte er sich über Ton stellen. Er wußte, seine momentane Energie reichte nicht aus, um Mäzen der sich zunehmender Beliebtheit erfreuenden Schauspielerin Mayumi zu werden, aber wenigstens als latente Haltung war er sich dieser Möglichkeit bewußt.
Wie sehr auch Mayuko auf der einen Seite ihren Mann, der diese Schauspielerin mit ihrem Mischlingsgesicht ansah, und Ton, der Mayumi stolz herumzeigte, manipulieren konnte, wenn sie Mayumi so selbstbewußt herumtanzen sah, spürte sie das Blut in sich aufwallen, genau wie wenn eine Katze die Krallen zeigt und ihre Rückenhaare aufrichtet.
Mayuko fühlte sich zunehmend unwohler und wandte ihr Gesicht von Mayumi ab. Ihr war, als ob Mayumi ihr sich abwendendes Gesicht verfolgte.
»Etliche ehrbare Ehemänner sind nun erleichtert und benehmen sich heute ihren Frauen gegenüber besonders nett«, sagte Mayumi lachend.
»Sie liebte nur ehrbare Männer«, Mayumi schaute zur Braut, die mit gesenktem Kopf lächelte.
Mayuko war es nicht klar, ob Mayumi dies für Ton oder für ihren Mann erzählte.
Auf dem Heimweg gingen sie zusammen in ein Tanzlokal. Während sie tanzten, flüsterte Mayuko

Ton zu: »Wenn du zu Hause bist, komm doch mal vorbei.« Während sie dies flüsterte, stellte sie sich vor, ihr kraftloser Mann werde von Mayumi der Schauspielerin nicht ernst genommen, und sie fühlte, wie sich ihre Erregung immer mehr verstärkte und sie wie in einen Strudel hineingesogen wurde.

17

Diese Geschichte von früher hatte Mayuko arglos Haku erzählt, und Haku hatte genauso arglos zugehört. Eines Tages jedoch bekam Mayuko ein Manuskript zu lesen, an dem Haku gerade schrieb; es war ihr, als sei dies die Geschichte, die sie selbst erzählt hatte. Der Titel hieß »Die Glöckchengrille«, der Erzähler war eine Frau.

Die Glöckchengrille

Ich sah ihn, als er zusammen mit seiner Frau an Kikukos Hochzeit teilnahm, und ich erinnerte mich an den Ton von Kikukos Worten, als sie mir vor langer Zeit einmal ein wenig von ihm erzählte. Der Bräutigam war ein etwas jüngerer Schulkamerad von ihm, und so war es nur natürlich, daß er anwesend war. Die Leute, die an dieser kurzen und einfachen Feier teilnahmen, hatten sich nicht versammelt, um an einem der luxuriösen und formellen Feste teilzunehmen, die neuerdings in Hotels veranstaltet werden und nur Wert auf oberflächliche mitmenschliche Beziehungen legen.

Als Kikuko mich fragte, ob ich nicht zusammen mit meinem Mann an der Feier teilnehmen wolle, hatte ich das Gefühl, wir seien bei dieser Hochzeit von Kikuko, die mein Mann ja nicht so gut kannte, etwas fehl am Platz. Als ob sie mich durchschaut hatte, meinte Kikuko: »Alle Verheirateten habe ich zusammen mit ihrem Ehepartner eingeladen. Es wird sehr einfach sein, und vielleicht denken einige, es sei dumm, extra zu einem solchen Anlaß zu gehen. Ich stelle mir vor, daß nur die Leute kommen, die wirklich kommen wollen. Du bist meine Freundin, deshalb bitte ich dich darum, vielleicht kannst du zusammen mit deinem Mann kommen. Die anderen habe ich auch paarweise eingeladen, so bleibt die Form gewahrt. Nur wenn ihr beide kommt, bin ich glücklich. Und bitte, bringt keine Geschenke.«
Ich dachte über die doppeldeutigen Worte nach. Erstens wollte sie, die viele Freunde gehabt hatte, durch die Einladung von Paaren vertuschen, wer die wirklich geladenen Gäste waren. Zweitens wollte sie vor den Ehefrauen eine gewisse innere Einstellung erreichen: Nun sind wir endlich gleichgestellt. Von nun an spielt sich alles auf einer gleichberechtigten Ebene ab, war es nicht das, was sie sagen wollte? Sie hegte keinen Argwohn gegen die Beziehung zwischen Kikuko und ihrem Mann, aber wollte sie nicht auch sagen, sie habe nicht nur männliche, sondern auch weibliche Freunde? Glücklicherweise zeigte sich ihr Mann neugierig und war bereit, die Freundin seiner Ehefrau einmal zu besuchen.

Um seine Lippen schwebte ein dünnes Lächeln, als Braut und Bräutigam die Ringe austauschten. Als der Priester fragte: »Willst du diese Frau ehelichen und in glücklichen und unglücklichen Zeiten Freud und Leid mit ihr teilen?« hörte er mit einem verächtlichen Gesichtsausdruck zu.
Doch vielleicht hat er sie gar nicht verachtet, sondern nur mit hängendem Kopf genickt. Instinktiv war ich damals überzeugt, daß er an mehreren Abenden an die Wohnungstür von Kikuko, über die viel geredet wurde, geklopft hatte.
Kikuko war für ihre zahlreichen Männerbekanntschaften berühmt, zudem hatte sie noch ein Kind. Für dieses uneheliche Kind hatte sie sich Mutterschaftsurlaub genommen, und sie war stolz darauf, eine unverheiratete Mutter zu sein, wie es jetzt Mode ist.
Nicht, daß ich Kikuko nicht mochte. Kikuko tat ja nichts, als den guten Gepflogenheiten entsprechend die Männer einzuladen, die sich für sie interessierten. Was konnte man da Schlechtes darüber sagen?
Zufällig war ich einmal dabei, als eine Ehefrau, deren Mann von Kikuko eingeladen und um Geld geprellt worden war, in Zorn geriet und Kikuko laut eine Prostituierte nannte und sie beschimpfte. Es war eher Kikuko, die ich bemitleidete.
Der Mann der schimpfenden Frau war ja nicht vergewaltigt worden, er hatte es getan, weil er sie mochte, da kann man nichts machen.
Selbstverständlich erschien dieses Ehepaar nicht an Kikukos Hochzeit. Kikuko erzählte es mir lachend.

Kikuko soll jenem Mann gesagt haben: »Du willst mit deiner Frau zu unserer Hochzeit kommen? Ich möchte deine Frau beruhigen.« Der Mann antwortete: »Ich kann ja alleine kommen, meine Frau kommt wohl nicht.« Kikuko meinte: »Wenn du allein kommst, brauchst du erst gar nicht zu kommen.« Der Mann kam nicht, aber andere Männer erschienen zusammen mit ihren Ehefrauen.

Auch danach erinnerte ich mich an das merkwürdige Gefühl ihm gegenüber, wegen dieses Gefühls zog ich ihn, ohne daß ich es merkte, auf meine Seite.

Er war ein guter Freund meines Mannes aus der Gymnasialzeit, von Zeit zu Zeit besuchten sie sich gegenseitig. Sie hatten das gleiche Zimmer im Internat bewohnt und in dem Frühling ihres Lebens oft ganze Nächte bis Tagesanbruch über den Sinn des Lebens diskutiert. Mit strahlenden Augen erzählten sie einander von ihren Entdeckungen und stachelten sich gegenseitig in ihrem mit Bewunderung gemischten Wettbewerbsgeist an.

Was war der Grund dafür, daß ich von den seltsamen Phantasien über diesen Freund meines Mannes nicht loskam? Vielleicht hing es damit zusammen, daß ich mehr über meinen Mann erfahren wollte.

Ich glaube, ich wollte in Bereiche eindringen, über die mein Mann nie etwas erzählte. Immer hatte ich das Gefühl, mein Mann deute mit den Sachen, die er erzählte, das Gegenteil davon an; dessen wollte ich mich vergewissern.

Männer, mein Mann inbegriffen, fürchten, ihre primitiven Wünsche würden sie in gesellschaftlichen Selbstmord treiben. Sie beruhigen sich selbst, indem sie ihrem Partner gegenüber einen stillschweigenden Vertrag einhalten, der unter dem Namen der Freundschaft ihre Gier kontrolliert. Es gibt keinen Augenblick, in dem sie ihrem Partner gegenüber nicht auf der Hut sind, vielmehr glauben sie, sie würden ihn bestimmt nie lieben.

Sie glauben nicht nur, sie könnten auf diese Weise keine Männer lieben, sie halten auch die Liebe dem andern Geschlecht gegenüber für nichts anderes als eine Fiebererkrankung der Pubertät und ein Nicht-ertragen-Können der Einsamkeit.

Klammern sich die Männer nicht vor allem an Frauen, die ihre offen gezeigte Begierde auffangen können? Falls das einmal nicht geht, verlangen sie bestimmt eine Frau, die die Sachen, die sie für ihr eigenes Fortbestehen leugnen müssen, in Form eines Geheimnisses wieder ans Licht bringt.

Von meiner Umgebung werde ich als eine sehr fähige Hausfrau, die ihren Mann gut bedient, und als eine gute Mutter für die Kinder anerkannt. Mein Mann schätzt meine gepflegten Manieren und meine geistreichen Worte und Taten. Die Kinder, die Verwandten und die Freunde meines Mannes betrachten mich mit bewundernden Augen. Ich selbst bin hingerissen, daß ich so behandelt werde.

Mein Ehemann ist sexuell gesund und denkt, es sei seine Pflicht, mich zu befriedigen.

Habe ich es nötig, meinen Mann links liegen zu lassen

und mich einem anderen Mann zuzuwenden? Wirklich, ein normaler Mann, der mich kennt, würde mich nie leichtfertig zu verführen suchen, auch wenn er denkt, ich sei keine schlechte Frau.
Allgemein akzeptierte Späße und gutgemeinte Ratschläge genügten mir, was darüber hinausging, war nur vergebliche Mühe.
Bekommt man eine Abfuhr, bleibt nur unterdrückter Ärger zurück.
Man muß sich nicht unbedingt eine solche Frau aussuchen, es gibt jede Menge von zuverlässigeren Frauen, die sich als Gespielinnen eignen: Frauen, die in Gaststätten arbeiten, auch Hausfrauen, bemitleidenswerte Frauen, romantische Frauen, Frauen, die von Liebe träumen, und noch viele andere Frauen, die sich im Liebesspiel auskennen. Will man sich mit solch einer Frau anfänglich nur vergnügen, kann sich das im Nu in ein Gefühl der Liebe verwandeln. Glaubt man dann nicht, einen großartigen Fund gemacht zu haben?
Das sind die Voraussetzungen, doch da er sie zur Genüge kennt, empfindet er das als nichts Neues. Er möchte sich noch lebendiger fühlen.
Sein Gesicht, als er an Kikukos Hochzeit teilnahm, war lebendig. Und von dieser Vitalität wurde ich angesteckt.
Ich wollte mich unbedingt von dieser Lebendigkeit füllen lassen.
Je gefährlicher das wurde, desto rasender klopfte mir das Herz, das nicht wußte, was geschehen wird.

Eines Tages kam er, um mit meinem Mann Gō zu spielen. Später setzte man sich zum Essen an den Tisch und vertiefte sich in ein langes Gespräch.
Sie sprachen über einen ausländischen Gelehrten, der einen Aufsatz geschrieben hatte, in dem er behauptete, die Schwankungen der Aktienpreise könne man nicht voraussagen, auch wenn man alle Daten sammle und alle zur Verfügung stehenden Methoden anwende. Mir schien, beide stimmten diesem Gelehrten zu.
Als wir bei Tisch saßen, berührte er mich mit dem Knie. Mir war, als ob von diesem Knie aus Energie übersprang, oder war es nur Einbildung? Ohne mit meinem Knie auszuweichen, lächelte ich ihn an. Ich lächelte, um mich zu vergewissern, daß meine Begierde mit der seinen übereinstimmte.
Es ist paradox, aber bis dahin gefiel mir sein tadelloses Benehmen.
Kam man zum Beispiel im Gespräch zufälligerweise auf das Thema Haushalt, sprach er so natürlich und ungekünstelt, daß man den Eindruck bekam, er sei seiner Frau ein guter Ehemann und den Kindern ein guter Vater. Er versuchte, es weder besonders zur Schau zu stellen noch es affektiert und mit Gewalt zu verbergen.
Viele japanische Männer versuchen krampfhaft, familiäre und private Gesprächsthemen zu vermeiden. Das heißt, sie bemühen sich beim Gesprächspartner dadurch Vertrauen zu gewinnen, indem sie ihm zeigen, wie gut sie ihre Grenzen im gesellschaftlichen

Leben und in der Hierarchie der Organisationen kennen. Diese Tendenz ist besonders stark, wenn der Gesprächspartner eine Frau ist, wobei noch ein anderer Faktor hinzukommt. Sie glauben nämlich, es gehöre auch im sexuellen Bereich Frauen gegenüber zum guten Ton, zu zeigen, daß sie freie, durch die Familie nicht gebundene Männer seien.

Aber in vielen Fällen bewirkt dies eine gewisse Starre und eine unnatürliche Verdrängung. Es entsteht eine Scheinwahrheit, ohne Bezug zur Wirklichkeit.

Bei ihm jedoch konnte man diese Steifheit kaum wahrnehmen. Ganz ungezwungen tauchten Wörter auf wie: meine Frau, mein Sohn. Zeigte der Gesprächspartner kein besonderes Interesse daran, ließ er dieses Thema ohne weiteres fallen und wandte sich von ihm ab.

Manchmal zeigte ich mein Interesse an dem Thema, manchmal nicht. Wenn ich es nicht zeigte, beschloß ich aus einer Art Boshaftigkeit heraus, es zu ignorieren. Zeigte ich mein Interesse, schien es eine Anteilnahme zu sein, die Barmherzigkeit glich.

Aber unabhängig von meiner Reaktion blieb er gleichgültig. Sei es mein Widerspruch, sei es mein Mitgefühl, sein Herz ließ sich nicht ein bißchen bewegen, und er bewahrte seine unverfängliche Leichtigkeit.

»Meine Frau liegt leicht erkältet im Bett, trotzdem hat uns unsere Tochter gebeten, heute abend nach ihrem Baby zu schauen, deshalb muß ich heute früh nach Hause«, sagte er.

Aus einer Laune heraus zeigte ich mich interessiert und fragte: »Hat es schon gezahnt?«
Seine Reaktion war ruhig und gelassen, als ob er Pflanzen und Tiere beobachten würde:
»Es ist interessant, wie der Kleine einem in die Finger beißt, er genießt es, mit seinen soeben hart gewordenen Zähnen langsam beißen zu können. Ist er damit fertig, lacht er ganz glücklich. Paßt man einmal nicht auf, liest er kleine Abfälle oder tote Insekten vom Boden auf, schaut sie genau an und steckt sie gelassen in den Mund. Wenn man sie ihm wieder herausnehmen will, windet er sich frei, strampelt mit den Füßen und wird sehr zornig.«
Dies war sein Erstaunen über die Lebenskraft seines ersten Enkelkindes. Die Kritik an seiner Tochter, die folgte, enthielt so etwas wie Spott und Nörgelei:
»Sie sagt zum Beispiel, die Hände des Babys seien verschieden groß, und geht mit ihm zum Arzt. Der wird wohl nicht schlecht gestaunt haben. Wenn sie ausgeht, gibt sie das Baby uns Eltern zur Aufsicht. Ist das Kind auch nur ein bißchen anders als vorher, wenn sie zurückkommt, fragt sie uns vorwurfsvoll, was wir ihm zu essen gegeben haben und wie lange wir es haben schlafen lassen.«
Er zog dieses Thema nicht einmal endlos hin, sondern er wechselte einfach zu einem hohlen, kraftlosen Ton über. Das Desinteresse mit dem er, ohne über das notwendige Maß hinaus tief einzudringen, über die Situation seiner Frau erzählte, glich dem kurzen Rauschen des Windes.

Diese Stille rief in mir etwas Lyrisches hervor. Zu solchen Zeiten war er mir sympathisch. Wenn ich ihn sympathisch fand, leuchteten seine sich mir zuwendenden Augen plötzlich wie Tigeraugen, die im Wald nach etwas ausspähen, und seine Schultermuskeln spannten sich an.

Das erstemal, als ich ihn traf, war er noch in den Dreißigern, doch schon damals war er vorsichtig beim Treppensteigen, da er leicht ins Keuchen kam. Hie und da blitzte in seinem Gehabe ein bißchen Spott über seine eigene Furcht und Angst durch.

Sah er Männern beim vergnüglichen und eleganten Spiel mit halbprofessionellen Frauen zu, konnte er ohne weiteres spotten:

»Was für eine sichere und reinliche Methode. Großzügige Verschwendung ist am Ende sparsamer.«

Manchmal gebrauchte er auch folgende Redewendung:

»Befindet man sich unter Leuten, die es verstehen, auf angenehme Weise Geld zu verdienen, besteht überhaupt keine Gefahr.«

Es war nicht klar, ob er dies ablehnte und eine Frau suchte, die im Dunkeln damit einverstanden war, oder ob er es verachtete und damit prahlte, selbst einen gefährlichen Weg zu gehen.

Wie dem auch sei, als wir uns wieder einmal trafen, spürte ich so etwas wie Spott in mir.

Ein langjähriger Freund von uns lebte schon über zwanzig Jahre mit einer Frau zusammen. Sie waren

nicht verheiratet, trotzdem lud er seine engsten Freunde zu einer silbernen Hochzeit ein.
Ich hatte damals Lust, ihn zu treffen, und veranlaßte ihn, nur drei Stunden vor der Feier ein Zimmer im selben Hotel zu reservieren.
»Können wir uns nicht ein bißchen vorher sehen?«, sagte er in einem Ton, als ob er beschäftigt sei. Ich antwortete:
»Würden Sie bitte ein Zimmer reservieren? Wenn Sie die Zimmernummer wissen, rufen Sie mich bitte an. Ich bin dann in etwa dreißig Minuten dort.«

18

Mayuko hielt den Atem an, als sie las, wie Haku ihre so leichthin erzählte Geschichte weiterentwickelte.
Sie hatte ganz naiv angenommen, ein Schriftsteller denke genauso wie der Held des Romans, den er selbst schrieb. Aber nun, nach mehr als zehn Jahren, in denen sie so gut wie zusammenlebten, begriff sie endlich, daß der weitaus größere Teil eines Schriftstellers in seinem Werk gar nicht zum Vorschein kommt. Wenn es sich sogar bei einem Schriftsteller so verhält, der ja über weit mehr Ausdruckskraft als ein Durchschnittsmensch verfügt, wieviel mehr sind dann Tun und Sagen eines gewöhnlichen Menschen, der seine Ausdruckskraft nicht zum Beruf macht, wie die Ecke eines Eisberges, von dem man die Größe des verdeckten Teils nicht genau ermessen kann.
Steuert man sein Schiff, indem man nur auf den

sichtbaren Teil des Treibeises schaut, reißt es ihm den Rumpf auf. Vielleicht ist der Mensch ein Wesen, das nicht einmal sich selbst versteht. Man kann sogar sagen, daß kaum jemand auf die Frage nach dem, was er gerade im Moment denkt, zu antworten weiß. Zerstreut und ohne Zusammenhang denkt er mal an dieses, mal an jenes. Angenommen, jemand hat eine Arbeit vor sich und konzentriert sich darauf, dann muß das nicht unbedingt der Mittelpunkt seiner Gedanken sein. Seine Arbeit ist nichts weiter als eine alltägliche Gewohnheit.

Mayuko wußte nicht genau, wie die Werke, die Haku schrieb, von der Welt eingeschätzt wurden, auch seine künstlerischen Arbeiten kannte sie nicht. Aber sie interessierte sich für die unter dem Eisberg verborgenen Bereiche, die Haku so beschäftigten.

Sie war sich nicht klar darüber, ob Haku diesen Roman zu schreiben anfing, um in sie, in Mayuko, einzudringen. Ein wenig wird es so gewesen sein, dachte sie, aber unterwegs verzichtete er darauf und wurde er selbst. Doch nein, man konnte nicht eindeutig sagen, ob er das ist oder nicht.

Vielleicht wiederholt er nur wie besessen die Worte von irgend jemandem und glaubt, es seien seine eigenen. Aber Mayuko bewunderte ihn, als sie sah, wie er den Anlaß, den sie ihm gegeben hatte, auf so merkwürdige Weise umgeformt hatte.

Als Mayumi Mayuko ihre Beobachtungen erzählte, hatte Mayumi sie bereits auf ihre Weise zurechtgemacht. Mayuko wiederum hatte sie Haku auf eine

andere Art erzählt, und Haku hatte sie noch einmal verändert. In der Zwischenzeit waren die Personen, die darin vorkamen, nicht mehr Mayumi und Mayuko, weder Ton, Mayukos Ehemann, noch Haku.
Entweder waren ihm diese Figuren der Reihe nach eingefallen und durch ein Band der Liebe und des Hasses verbunden, oder es sind Figuren ohne weiteren Zusammenhang, die einfach so auftauchen, ohne zu fragen.
Wie die Geister von Verstorbenen flüsterten sie unheimliche Worte und lachten.
Mayuko las die Fortsetzung der »Glöckchengrille«.

19

Als ich in das Hotelzimmer kam, dessen Nummer er mir telefonisch mitgeteilt hatte, saß er aufrecht da und schrieb etwas. Er müsse als Vertreter der intimen Freunde eine Ansprache bei der Feier dieser silbernen Hochzeit halten. Ich korrigierte den Aufsatz an zwei, drei Stellen. Er ist Universitätsprofessor an einer philosophischen Fakultät, aber sein Stil ist nicht so gut.
Ich trug ein langes Taftkleid, es paßte zu diesem Anlaß. Er lobte mich, das Kleid stehe mir ausgezeichnet, meinte, ich dürfe mich ruhig auffälliger schminken. Als ich nun anfing, die Schminke neu aufzutragen, stellte er sich hinter mich und hob den Saum meines Kleides wie Pfauenfedern in die Höhe.

Ich lehnte mich über den Schminktisch, er packte meine Hüften und begann sich langsam zu bewegen. Das Taftkleid raschelte.
Ich war mir bewußt, daß mein Po in der übereinandergeschlagenen gestickten Unterwäsche und dem Taftsaum wie eine große Pfirsichfrucht offen dalag. Wie auf einer Filmleinwand sah ich die Szene mit anderen Darstellern. Schade, daß der Pfirsich nicht in dem Spiegel vor mir zu sehen war.
Ich empfand es als neu und frisch, daß mein erstes Rendezvous mit ihm auf diese Weise anfing. Denn ich stellte mir vor, die meisten Verhältnisse beginnen mit mehr oder weniger romantisch gespielten süßen Worten, die man mit Gewalt aus sich herauspreßt.
Das heißt, ich war eine Frau, die seit über zwanzig Jahren jeden Abend das Bett mit ihrem Mann teilte. Liebesromane las ich bis zum Überdruß, ich hatte schon das Gefühl, diese immer gleichen Texte selbst zu sprechen.
Es gefiel mir, wie er gut angezogen bei der silbernen Hochzeit seines Freundes das Manuskript mit der Ansprache vorlas. In Wirklichkeit war ich gespannt, ob er nicht honigsüße Worte wie in einer Groschenoper sprechen würde. Manchmal stockte ihm der Atem, während er meinen großen Pfirsich-Po umfaßte und wieder losließ. Er war es, der ununterbrochen leise Schreie ausstieß, ich hörte sie, während ich auf den Wellen dahintrieb.
Mal ergriff ich das Steuer, mal versuchte er, die auf einen hohen Abgrund vor unseren Augen hinwogen-

den Wellen zu umschiffen, doch es gelang uns nicht, die Wogen rissen uns mit.
Er setzte mich auf den weißen Toilettensitz, und hinter der Tür hervor rief er dem Boy, der Whisky und Eis brachte, mit ruhiger Stimme zu: »Stell es bitte dorthin.« Während er dies sagte, verstärkte er die Kraft seiner Finger, die mich liebkosten.
Als der Boy gegangen war, führte er eine selbst erdachte Vorrichtung, die mich stimulieren sollte, in mich ein, und ich zog das Korsett darüber, um zu verhindern, daß sie wieder herausrutschte.
Dann setzten wir uns und tranken Whisky Soda.
In der Zwischenzeit sprachen wir kaum. Wie über Dreiecke und Kreise in der Geometrie dachten wir über unsere eigenen Organe nach. Ein Gefühl der Einsamkeit lag in dieser Verhaltensweise, als schaute man in die Spalte eines Eisberges am Südpol. Es war ein Gefühl, als ob die Alltäglichkeit verloren sei und alle Dinge stillstünden. Alle Erinnerungen flackerten in einem Eismeer und hatten keine Beziehung zu einem selbst. Nach einer Weile deutete er an, es sei besser, wenn ich ein bißchen früher als verabredet im Saal erschiene.
Ich war dabei zu gehen, als er mich an der Tür festhielt und meine Hüften bewegte. Ich öffnete halb meine Lippen und stöhnte. Da flüsterte er:
»Wir alle werden bald silberne Hochzeit feiern.«
Im Saal waren erst zwei, drei Gäste, doch die Jubilare der silbernen Hochzeit waren bereits da. Wir begrüßten sie wie gewöhnlich.

Bald darauf erschien mein Mann. Ein wenig später kam er, mein Liebhaber, die Treppe herab, unsere Augen trafen sich. Er zeigte meinem Mann das Manuskript seiner Ansprache, die er als Vertreter der Freunde halten sollte.
Die Eßtische waren in mehrere Bereiche aufgeteilt, er und seine Frau saßen am gleichen Tisch.
Seine Frau plauderte munter und strahlte vor Liebenswürdigkeit; er aber hüllte sich vor seiner Ansprache in nervöses Schweigen. Stumm nickend hörte er den Rednern vor ihm zu. Als er an der Reihe war, lächelte er geniert, warf seiner Frau einen flüchtigen Blick zu und stand auf.
Wegen des Fremdkörpers in mir, der ein Stimulans ausschüttete, nahm ich das Lachen und die Gespräche meiner Umgebung kaum wahr. Wie verrückt öffnete und schloß ich meine Knie, damit niemand etwas merkte. Als mein Mann fragte: »Was hast du?«, legte ich meine schweißbedeckte Handfläche auf seine Knie, als ob ich Hilfe suchte.
Seine Rede schien glatt vonstatten zu gehen.
»... Als wir uns das erste Mal trafen, bildete er sich ein, als Junggeselle leben zu können, mit der merkwürdigen Begründung, solange er eine Katze habe, brauche er keine Frau. Aber ohne viel Umstände bekehrte er sich und hat während seiner Studentenzeit sie gefunden. Ich glaube, ein Anstoß dazu war die überraschende Hochzeit einer Person, die heute hier ebenfalls anwesend ist (hier schaute er flüchtig zu mir und meinem Mann). Kurz, soll ich es heimlich oder

öffentlich sagen: Er begann ein Liebesnest zu bauen, was uns Freunde mit der Zunge schnalzen ließ.
Ich weiß nicht, vielleicht schämte er sich einfach seines allzu vehement vertretenen Prinzips des Junggesellendaseins, jedenfalls ließ er uns später keinerlei Mitteilung von seiner Hochzeit zukommen. Er griff zu dem raffinierten Mittel, die vollendete Tatsache öffentlich und privat anerkennen zu lassen.
Und trotzdem, in einem Winkel seines Herzens spürte er sein schlechtes Gewissen, ein gewisses Gefühl der Einsamkeit, und konnte sich von seiner Sentimentalität nicht befreien, und plötzlich fing er an, davon zu sprechen, er wolle uns zu der silbernen Hochzeit einladen.
Nun, als er damals wider Erwarten seine ursprüngliche Absicht änderte, scharten sich seine Freunde hocherfreut um ihn und belächelten ihn. Bald einmal verriet er seiner Freundin, daß er als Katzenliebhaber oft mitten in einer kalten Nacht, wenn seine Katze vor Hunger miaute, aufstand und ihr getrockneten Fisch und Milch gab.
Das heißt, es ist nicht schwer, sich vorzustellen, daß sie während der fünfundzwanzig Jahre danach um Mitternacht miaute und gehobelten Fisch und Milch verlangte.
Seine Frau, die nun neben ihm sitzt, wirft mir seit einer Weile immer Blicke zu, um meine Phantasie zu bremsen. So möchte ich hier schließen. Meine herzliche Gratulation!«
Seine Frau lachte kollernd neben ihm. Der Katzen-

liebhaber, der seine silberne Hochzeit feierte, war wie ein Bräutigam von Ehrfurcht erfüllt. Sie hatten bereits zwei Kinder, auch diese beiden Söhne hörten lachend zu.

Diese silberne Hochzeit war wirklich ein Erinnerungstag an ihr Zusammenleben. Als der ältere Sohn in die Grundschule kam, sollen sie in aller Eile die Heiratsformalitäten erledigt haben.

Er kehrte an seinen Platz zurück und stieß mit seinem Körper leicht an meine Schulter. Während er »Entschuldigung« sagte, schaute er mir ins Gesicht und lächelte freundlich.

Seine Frau erzählte meinem Mann, er habe keine Augen für sein erstes Enkelkind.

»Als seine eigenen Kinder klein waren, hatte er überhaupt kein Interesse an ihnen. Jetzt, in seinen Jahren, fängt er plötzlich an, sich darüber aufzuregen, er habe etwas verpaßt.«

Um das Thema zu wechseln, sagte er zu meinem Mann: »Wollen wir nicht nach der Feier zu viert tanzen gehen? Ich glaube, in der Sky Lounge dieses Hotels spielt eine Band.«

»Ja, die Frage ist nur, ob sie Melodien spielen, die zu den altmodischen langsamen Tänzen passen«, sagte seine Frau. Sie besaß angeblich ein Diplom als Tanzlehrerin.

Mit dem Entzücken, weiter gefoltert zu werden, hängte ich mich an die Schultern meines Mannes. Er sah mich, die ich den Reiz in mir ertrug, aus schmalen Augen an und nahm mich in die Arme.

Ganz früher einmal hatte mein Mann Tanzstunden bei seiner Frau genommen. Er sah aus, als wolle er Gefühle von damals wieder auffrischen.
Auch als die Feier zu Ende war, schien man da und dort noch weiterplaudern zu wollen. Der Großteil fand sich in Gruppen zu einer Nachfeier zusammen.
Ein Klassenkamerad hörte unsere Pläne, und so kam noch ein Pärchen dazu. Zu sechst stiegen wir in den Lift und fuhren zur Sky Lounge hinauf.
Die Frau des hinzugekommenen Pärchens konnte wie eine Pianistin Klavier spielen, er schmeichelte ihr ununterbrochen. Ich schaute dem ganz in Gedanken versunken zu. Der Ehemann der Pianistin war Journalist, ich sprach ihn an, aber er befand sich in einem Zustand, in dem er nicht ordentlich antworten konnte.
Auch als wir uns setzten und die Getränke bestellten, starrte ich wie ein seelenloses Gespenst vor mich hin. Ich hatte das Gefühl, mein ganzer Körper wimmle von Amöben, und unabhängig von meinem Willen wogte nur der Körper unheimlich hin und her.
Währenddessen redeten die anderen fünf schlecht über Politiker oder über amerikanische und sowjetische Wissenschaftler.
Ein amerikanischer Gelehrter soll erforscht haben, daß Leute, die ein Haustier halten, länger leben. Ein anderer Wissenschaftler fahre mit seinen Experimenten fort, den Kopf eines Affen auf einen anderen Affenkörper zu verpflanzen.
Sie schimpften über die Dummheit dieser For-

schungsprojekte, aber gerade diese beiden schienen für mich persönlich eine besondere Bedeutung zu haben. Ich glaubte, das Halsband eines Haustieres zu tragen, und ich hatte das Gefühl, der Kopf auf meinem Körper gehöre einer anderen Person.
Inzwischen fing die Band endlich an, langsame Musik zu spielen, mein Mann und die Tanzlehrerin begannen zu tanzen. Die Pianistin tanzte mit ihm. Der Zeitungsjournalist versuchte, mich noch einmal von der Dummheit, Affenköpfe zu verpflanzen, zu überzeugen.
»Ich glaube, der Mensch ist ein dummes Tier, dem nicht geholfen werden kann«, sagte der Journalist.
»Aber vielleicht ist die Fähigkeit, sich selbst zu vernichten, etwas Wunderbares.«
Ich antwortete aus einem plötzlichen Einfall heraus, wobei ich auch an die Atombombe und dergleichen dachte.
»Wirklich, welch hervorragende Fähigkeit. Jedoch, vielleicht unterscheidet sich dies nicht viel von der Vitalität von Mäusen, die das Gras bis auf die Wurzeln abfressen.
Ich dachte, es zähle zu den guten Umgangsformen, den ersten Tanz mit dem Ehepartner zu machen. Doch da dies nicht alle zu wissen scheinen, machen wir es ihnen nach.«
Er forderte mich auf. Mit knapper Not kam ich auf die Füße, ich tanzte schwankend. Der Journalist konnte kaum tanzen, aber er glich sich der Musik gut an und bewegte sich mit Gefühl.

Ich kannte den Journalisten nicht allzu gut, doch ich saugte mich an ihm fest, er konnte meinen Puls spüren. Und dann begann er offen ein außerordentliches Interesse an meinem von Lust durchwogten Körper zu zeigen.
Als wir zu unseren Plätzen zurückkehrten, wurde ich beinahe ohnmächtig. Der Mann stützte mich, wobei die Kraft in seinen Händen zunahm. Um dieser Kraft zu entkommen, setzte ich mich auf ein Sofa, als ob ich zusammenbrechen würde.
Kaum saß ich, begann der nächste Tanz. Mein Mann verließ seinen Platz, ich ging schwankend zu ihm hin, wie wenn ich hingezogen würde.
»Ich bin ein bißchen beschwipst.«
»Ja, du siehst aus, als ob er dich herumgekriegt hätte«, sagte mein Mann.
Ich glaubte ein wenig eifersüchtig sein zu müssen auf meinen Mann, der seine Tanzlehrerin wieder getroffen hatte, aber meine Lippen wollten sich nicht bewegen. Es war mir vollkommen gleichgültig, was für eine Frau mein Mann vor meinen Augen umarmte.
»Der Kerl ist die ganze Zeit über aufmerksam zu mir.«
Mein Mann meinte ihn, mit dem ich bis vor der Feier im gleichen Zimmer war.
»Nun ist Schluß! Ich werde ihm sagen, daß ich alles weiß«, sagte mein Mann selbstsicher. Er bekräftigte, er wisse, daß ich mich manchmal mit ihm treffe. Doch, was hieß, er wisse es? Was wußte mein Mann?

Ich schämte mich, mich nicht dafür zu interessieren, was mein Mann mit der Tanzlehrerin geplaudert hatte, was er dabei gefühlt hatte, aber ich wollte sein Selbstvertrauen nicht untergraben.
Er tanzte mit seiner Frau. Als er an mir, die ich soeben aufgestanden war, vorbei ging, flüsterte er mir ins Ohr: »Du siehst sehr schön aus!«
Mein Mann tanzte mit mir, viel fester als gewöhnlich hielt er mich in seinen Armen. Ich ließ mir den Körper verdrehen, daß ich hätte aufschreien können.
»Du fühlst dich heute abend ganz wie die Prostituierte des Jahrhunderts an. Komm, wir gehen nach Hause.«
Ich glaubte, wirklich die äußerste Grenze erreicht zu haben, nach dieser Melodie wollte ich auf die Toilette gehen und mir das Ding herausnehmen.
Aber ich hielt es nicht mehr bis zum Ende der Melodie aus, mittendrin ging ich schnurstracks in Richtung Ausgang. Zu meinem Mann, der etwas sagen wollte, sagte ich: »Entschuldige mal...«, stürzte in die Toilette und nahm das enge Korsett ab.
Meine Gedanken waren verschwommen, plötzlich kam mir alles anders vor. Ich wollte die Gesichter meiner Freunde nicht mehr sehen und setzte mich eine Weile ruhig vor dem Toilettenspiegel auf einen Stuhl.
Als ich etwas später aus der Toilette kam, ging mein Mann sorgenvoll vor dem Lift hin und her.
»Ich kann ja nicht vor der Damentoilette hin und her gehen. Was hast du? Ist dir schlecht?«

Ich schüttelte nur den Kopf.
»Gehen wir, ich fühle mich nicht so wohl. Ich warte hier, ich kann mich nicht mehr verabschieden. Sag ihnen, sie brauchen sich keine Sorgen zu machen.«
Mein Mann stimmte mir zu und kehrte zu den Plätzen zurück. Ich sah, wie er sich entschuldigte. Bald darauf kam er zurück und holte an der Garderobe die Mäntel und die *Tasche mit den Geschenken* ab.
Im Lift sagte mein Mann:
»Der Kerl soll heute nacht mit seiner Frau hier übernachten.«
Mein Mann sprach von ihm.
Sollte das bedeuten, daß das Zimmer, in dem er mich getroffen hatte, dafür gemeint war? Doch es war mir egal. Das Bett haben wir nicht angerührt. Und das Zimmer wird wohl noch sauber sein.
Dann erinnerte ich mich, daß ich in jenem Zimmer vor dem Spiegel mein Haar gerichtet und dabei einige Haarnadeln liegen lassen hatte, aber soviel darf man schon zurücklassen, dachte ich. Ich hätte gleich auch noch ein Taschentuch dalassen sollen. Nun tat es mir leid, mich beim Verlassen des Zimmers genau umgeschaut zu haben, ob ich nichts vergessen hatte. Aber er ist noch vorsichtiger als ich. Er wird, nachdem ich in den Saal hinunterging, das Zimmer noch genauer kontrolliert haben. Und doch, wenn er absichtlich ... Aber hatten wir bis dahin nicht gerade besonders auf solch dumme Vorsicht geachtet? Hatte nicht gerade die Freude am Betrug unser Stelldichein sich wiederholen lassen?

»Es gefällt mir, wenn dieser Kerl aufmerksam zu mir ist. Nicht zu dir, zu mir. Da mir sein Gesicht gefällt, wenn er ein schlechtes Gewissen hat, wird unsere Freundschaft weiter bestehen.«

»Du hast auch eins.«

»Was soll das heißen?«

»Obwohl es alle wissen, tust du so, als ob du es nicht weißt. Du täuschst ihn, deshalb hast auch du ein schlechtes Gewissen. Er freut sich vielleicht auch an deinem schlechten Gewissen.«

Während ich dies sagte, überlegte ich, ob nicht auch die Beziehung zwischen mir und seiner Frau zum größten Teil so war? Gesetzt der Fall, es wäre so, so reichte es doch nicht aus, sich einzubilden, man wisse etwas voneinander. Trug nicht jeder Mensch Sachen mit sich, die die anderen nicht verstanden, ja die sogar ihm selbst unbegreiflich waren?

»Wir werden dadurch aus der Einsamkeit gerettet, daß wir einander eingestehen, uns nicht zu begreifen. Wir staunen über das Unbegreifliche und trösten uns damit.«

Augenblicklich spürte ich die Angst, die Heuchelei von soviel Leidenschaftlichkeit könne zusammenbrechen. Und plötzlich war mir, als verwandle sich meine Begierde in einen naturhaften Frieden.

Vor dem Eingangstor angekommen, lauschten wir eine Weile dem feinen Zirpen einer Glöckchengrille. Während wir die Schuhe auszogen, sagte mein Mann: »Wenn ich tot bin, möchte ich, daß man mir eine Glöckchengrille in den Sarg legt.«

20

Vor kurzem, als Haku zu Mayuko übernachten kam, war mit ihm zusammen anscheinend eine Glöckchengrille ins Haus gekommen. Bald begann sie zu zirpen, sie hörten ihr zu.

Mayuko erinnerte sich an den Roman, den Haku schrieb, und sie fing an, sich dafür zu interessieren, in welche Gedanken er jetzt wohl vertieft war.

Mayuko wollte von Haku sein erstes Erlebnis mit einer Frau hören.

Er zeigte sich bereit zu erzählen, und Mayuko ahnte, daß er bestimmt eine Geschichte erfinden würde; aber sie ließ ihn gewähren.

»Möchtest du eine Frau kennenlernen?« hatte die Frau Haku gefragt.

»Ja.«

»Egal auf welche Weise?«

»Nun, solange man den Partner nicht verletzt.«

»Sich selbst darf man Wunden zufügen?«

»Wenn es nicht gefährlich ist.«

»Du bist vorsichtig, nicht?«

»Nun ja, ich bin etwas umständlich.«

»Also, solche Leute weiß ich zu behandeln. Zu einem Sklaven sollst du werden.«

»Wie?«

»Du, zum Sklaven. Du weißt nicht, wer deine Partnerin ist, du kannst sie nicht sehen, möchtest du dann immer noch eine Frau kennenlernen?«

»Nun ja, wenn es so ist wie in einem Traum.«

»Nun denn, ich werde dir einen Traum zeigen. Kannst du machen, was ich dir sage?«
Die Frau schaute ihn an. Er war achtzehn, sie zwei, drei Jahre älter als er.
Sie war Verkäuferin in einem Reisweingeschäft.
»Komm mit mir. Doch vorher muß ich noch etwas vorbereiten.«
Die Frau nahm ihn mit in ihr Zimmer. Das Zimmer war drei Matten groß, in einer Ecke standen ein kleiner Schreibtisch und ein Spiegel. Es war ein Ort, wie man sie kurz nach dem Krieg kannte, als mehrere Leute in einem Haus Zimmer mieteten und dieselbe Küche benutzten.
Er dachte, nun werde dort etwas mit dieser Frau beginnen, aber dem war nicht so.
»Ich kenne jemanden, der sich mit so einem wie dich zu vergnügen wünscht. Möchtest du so eine Erfahrung machen?«
Er verstand nicht, worum es ging, und schwieg.
Aber ihm klopfte das Herz, weil die Frau vom Reisweingeschäft so ein Interesse an ihm zeigte.
»Ich wollte in eine höhere Schule gehen, doch ich konnte nicht, wir waren arm. Ich will Geld.«
»Wieviel brauchen Sie?«
Er glaubte, er könne ihr etwas von seinem Taschengeld leihen.
»Das Taschengeld eines Studenten?«
Sie lachte spöttisch.
»Du bist ein gewissenhafter Student, der nicht um Geld verlegen ist. Da du nicht den Mut aufbringst,

eine Frau zu kaufen, hast du Süßer dich entschlossen, keine kaufen zu wollen. Aus Feigheit. Eine Frau, die dir nicht zur Last fallen wird und bei der du keine Angst vor Krankheiten haben mußt, wird dich Verschiedenes lehren. Aber zuvor muß ich dir die Augen verbinden. Ich führe dich zu jenem Haus.«
Sie verband seine Augen, ganz dick, wie nach einer Augenoperation.
»Man wird dir vielleicht die Hände fesseln. Schau, daß dir der Verband nicht abfällt. Aber zu fürchten brauchst du dich nicht. Hab keine Angst. Du brauchst nicht zu gehen, wenn du nicht willst. Nun? Niemand zwingt dich.«
Die Frau lachte, als ob sie ihn für dumm verkauft habe.
»Nun denn, hören wir auf.«
Sie begann, ihm den Verband abzunehmen.
»In solchen Dingen braucht es Einverständnis.«
»Ich gehe ja.«
»Ich kann dich nicht zu der Frau führen. Wenn du seltsame Dinge sagst und Radau machst, stehe ich schlecht da. Wenn du sowas machst, nehme ich dich nicht mit.
Aber da du sagst, du willst eine Frau kennenlernen, mache ich es aus Sympathie für dich. Willst du unter diesen Bedingungen eine Frau kennenlernen, so lasse ich dich mit einer Frau schlafen. Ich glaube, die Frau wird bestimmt lieb zu dir sein. Nur wirst du nicht erfahren, wer sie ist. Nun, was machst du? Wenn du nicht willst, lassen wir es.

Dir werden die Augen verbunden, dann wirst du in ein unbekanntes Haus geführt, wo dich eine Frau umarmen wird. Und später führe ich dich wieder hierher zurück. Diese Frau wird deinen Körper befreien, ohne daß sie sich selbst zu erkennen gibt.
Den Männern macht es doch nichts aus, so etwas mit einer Frau zu machen. Nun, bist du einverstanden, so behandelt zu werden?«
Er konnte immer noch nichts sehen. Die Hände der Frau umfaßten fest seine Hände.
»Was für eine Frau ist sie?«
»Das kann ich nicht sagen.«
»Ist sie jung oder alt?«
»Sie ist jung.«
»Wieso will sie nicht gesehen werden?«
»Weil sie nicht gesehen werden will.«
»Ist sie denn nicht hübsch?«
»Doch, sie ist hübsch.«
»Nun, wieso, hat sie keinen anderen Mann?«
»Auch wenn sie viele Männer hätte, will sie es nicht einfach einmal auf diese Art versuchen?«
»Gut, gehen wir.«
Er hatte sich ein Herz gefaßt. Und er hatte Lust, sich die Welt, die er mit den Augen nicht sehen konnte, vorzustellen.
Er tat, was die Frau ihm sagte. Mit verbundenen Augen wurde er in ein Haus geführt, er wußte nicht, in welcher Gegend sich das Haus befand und in was für einem Zimmer sie waren. Aber auf jeden Fall verkehrte er mit einer Frau.

Er wußte nicht, ob diese Frau jung und schön war. Sie behandelte ihn wie es ihr beliebte, und er entleerte sich in sie.
Er machte mit der Frau nichts. Sie machte es ihm.
Es war eine ruhige Gegend. Weder als er aus dem Wagen gestiegen noch als er ins Haus hinein gegangen war, hatte er ein Geräusch gehört. Nur an der Tür hatte eine Glöckchengrille gezirpt.
»Einverstanden? Wenn du die Augenbinde abnimmst, ist es zu Ende. Dann machst du alles kaputt, und nichts passiert mehr, wie du es dir vorstellst.«
Wie verzaubert tat er, was die Frau ihm sagte.
Außer dem feinen Duft der Räucherstäbchen, dem seidenen Bettzeug und dem Stöhnen der Frau schien nichts zu existieren.
Im Haus hatte ihn eine andere Frau an den Händen geführt, aber er wußte nicht, ob es diejenige war, mit der er verkehrte. Niemand sprach ein Wort, und er konnte nichts sehen.
Außer der Frau schien noch jemand da zu sein. Wahrscheinlich noch eine Person. Es könnte ein Mann gewesen sein. Bevor es anfing, blieb noch ein wenig Zeit. Man konnte die Schritte von jemandem hören; es war vermutlich nur eine Person.

Als Mayuko diese Geschichte hörte, wußte sie nicht, wieviel davon Haku erfunden hatte.
»Du hast die Person, die dich dorthin brachte, geheiratet, nicht wahr?«
Sie fragte zuerst, was sie am meisten beschäftigte.

Aber er antwortete nicht. Daß er keine Antwort gab, hatte doch irgendeine Bedeutung.

»Die Frau, mit der ich geschlafen habe, war vielleicht sie selbst, und sie hat das ganze als Theater aufgeführt. Mir war, als ob jemand mit angehaltenem Atem zugeschaut habe. Bestimmt wollte sie Geld und hat die Show verkauft.«

»Hast du mal versucht, später deine Frau zu fragen?«

»Sie war es nicht«, sagte Haku.

»Und jene Frau?«

»Sie hat mir nichts geantwortet. Aber nachher hat sie mich gefragt: ›War's schön?‹«

»Und wie war es?«

»Die Frau verfolgte mich, ich konnte sie nicht vergessen. Noch lange danach hatte ich das Gefühl, beobachtet zu werden, wenn ich durch die Straßen schlenderte. Ich glaubte, irgend jemand beobachte mich. Jemand schaute zu.«

Vielleicht hat Haku die Geschichte erfunden. Aber wahrscheinlich, begann Mayuko zu glauben, verfolgte ihn eine ähnliche Geschichte in seiner Ehe.

»Und was geschah danach mit dir und der Frau, die dich mitgenommen hat?«

»Die ist bald verschwunden. Und ich habe geheiratet.«

»Nichts als Lügen, jene Frau ist deine Ehefrau geworden.«

Haku schwieg.

»Daß du wie eine Frau die Augen schließt, hat darin seinen Grund, nicht?«

Mayuko kam in den Sinn, daß er Licht nicht mochte.
»Magst du nicht einfach nur das Dunkel?«
»Und du scheinst die Gesichter der Frauen nicht sehen zu wollen.«
»Klar möchte ich das Gesicht der Frau sehen. Gerade damals, wie sehr wünschte ich mir, es zu sehen. Obwohl ich es mir wünschte, konnte ich es nicht sehen … Hätte ich die Augenbinde abgenommen, wäre es zu Ende gewesen. Wenn ich die Augen schließe, geht es unaufhörlich weiter, und die Worte, die sie mir zuflüsterte, bleiben mir für immer in den Ohren. Sogar unter dem Verband machte ich die Augen zu … aber ich wollte es schon sehen. Irgendwann werde ich es bestimmt sehen, dachte ich.«
»Und, hast du?«
»Ich weiß nicht recht, ich kann noch immer nicht hinschauen«, Haku lachte.
»Mit offenen Augen sieht man nichts«, sagte er und schaute Mayuko durchdringend an.

21

Mayuko glaubte nicht alles, was Haku erzählte. Doch in ihrem Inneren dachte sie, entweder hat sich etwas Ähnliches abgespielt, oder er hat die Geschichte von seiner verstorbenen Frau gehört. Möglicherweise hatte auch ihr verstorbener Mann diese Geschichte von ihr gehört.
Wahrscheinlich konnte ihr Mann sowohl tagsüber als

auch nachts Hakus Frau im Nachbarhaus besuchen, wenn sie allein war. Oder sie konnten sich außerhalb treffen.
Fing Haku nicht wegen seiner Frau an, Romane zu schreiben? Mayuko begann, sich mehr Gedanken über die Verstorbenen zu machen als über Haku, der lebte.
Fühlte sich ihr Mann nicht durch Hakus Frau angezogen, weil sie Ideen hatte, auf die Mayuko nie kam? Möglicherweise hatte Haku wirklich, wie er einmal angedeutet hatte, seine Frau dazu angestiftet, Mayukos Ehemann zu verführen. Oder hatte Hakus Frau etwa gesagt:
»Ich versuche ihn mal zu verführen. Du hast doch nichts dagegen?«
»Natürlich nicht.«
Als seine Frau starb, sah Haku nicht allzu betroffen aus. Nur Mayukos Blick mied er.
»Was meinst du mit ›unter einer Decke stecken‹? Wenn ich mir ausmale, daß solch eine Möglichkeit bestanden haben könnte, heißt das schon ›unter einer Decke stecken‹?
Wenn du glauben willst, daß es so war, bitte. Ich kann dir ja nicht befehlen, du sollst es nicht glauben. Da kann man nichts machen.«
Haku war wütend.
»Vielleicht haben die geglaubt, wir stecken unter einer Decke. Zudem gibt es ja auch keinen Beweis, daß nicht du und dein Ehemann heimlich zusammengearbeitet haben. In einem gewissen Sinn stek-

ken Leute, die zusammenleben, immer unter einer Decke. Wenn man nicht zusammenarbeiten kann, ist es besser, man trennt sich.«

Aus welchem Grund auch immer, Haku schien seine Frau, die zusammen mit einem anderen Mann gestorben war, nicht so sehr zu hassen. Zumindest war er bereit, sie machen zu lassen, was sie wollte, aber auch das konnte sie nicht. Und trotzdem liebte er diese Frau zärtlich.

Dies veranlaßte Mayuko, über ihr Gefühl ihrem Mann gegenüber nachzudenken. Sie kam zu dem Schluß, eine sehr kaltherzige Frau gewesen zu sein.

Sie erinnerte sich, wie ihr Mann sich wie ein Tier an sie heranschlich, und ihr kamen die Tränen hoch. Dies war nicht die Art eines Ehemannes, der eine Persönlichkeit besaß; es war eher die Art wie alle Männer, mit denen Mayuko verkehrte, handelten, alle trugen sie eine Traurigkeit in sich, mit der sie sich nirgends hinwenden konnten. Jetzt in ihrem Alter dachte Mayuko zum erstenmal daran, daß sie etwas hatte, das diese Traurigkeit aus Haku herausholen konnte. Zu den Männern in ihrer Vergangenheit war sie ohne Gefühl gewesen. Als sie dies realisierte, schlug sie ihre Augen nieder.

Als junges Mädchen hatte sie völlig in einer Traumwelt gelebt und nicht gewußt, wie man die formlosen, in Wirklichkeit unmöglichen Dinge anpacken sollte.

Aber von den konkreten Dingen vor ihren Augen hatte sie sich immer abgewandt.

Für sie war ihr Mann eine wolkenhafte Existenz geblieben, aber auch sie selbst war wohl für ihren Mann unbeständig wie eine Wolke gewesen.
Für die Arbeit ihres Mannes hatte sich Mayuko überhaupt nicht interessiert. Vielleicht hatte sie diese Arbeit sogar heimlich verachtet, sie wußte es nicht.
Jedesmal wenn sie zu Hause einen Bankangestellten empfangen hatte, der für Festgeldanlagen warb, hatte sie sich an ihren Mann erinnert. Ihr Mann war noch jung und mußte wohl auch solche Arbeiten machen. Doch nein, es war ja keine Handelsbank, deshalb verrichtete er wahrscheinlich andere Arbeiten. Doch auch Arbeiten wie die Überprüfung von Kunden, die ein Darlehen aufnehmen wollten, schätzte sie nicht besonders hoch ein. Hakus Frau hatte die Arbeit ihres Mannes gelobt; hätte er sich nicht auch gewünscht, daß seine eigene Frau glaubte, die Banken hielten Japans Wirtschaft in Schwung?
Er war begabt, kam jedoch als vierter von fünf Brüdern zur Welt. Als Angehöriger der nach dem Krieg untergehenden Oberklasse konnte er nicht darauf hoffen, daß seine Familie das Kapital aufteilen würde, damit er eine Zweigfamilie gründen konnte. Auch hatte er keine Aussicht, aus eigener Kraft ein Haus bauen zu können; so nahm er eine Tochter aus gutem Hause zur Frau. Diese Frau hatte keine besonderen Fehler, und er fand sie sympathisch. Mit dieser Frau als Gefährtin wollte er eine friedliche Familie gründen.
Er achtete die Eltern seiner Frau und war ihnen ein

guter Sohn, gefühlsmäßig hing er mehr an ihnen als an seiner Ehefrau. Zu beider Nutzen und Verteidigung beurteilten sie viele Geschehnisse in der Welt gleich.

Wie der Vater mochte auch ihr Ehemann Künstler nicht; aber bedeutete diese Ablehnung nicht, daß er nicht ganz desinteressiert an ihnen sein konnte? Genau wie machtlüsterne Leute schlecht über diejenigen reden, die an der Macht sind, genauso schenkten sowohl ihr Vater als auch ihr Ehemann den Künstlern kein Vertrauen. Beim Einschätzen von Kunstgegenständen betrachteten sie diese, als ob sie mit Aktien spekulierten. Bei Dingen, die das Interesse der Leute auf sich zogen, wie Literatur, Musik und Architektur, gingen sie gleich behutsam vor. Die Linie, die dieses Interesse beschrieb, betrachteten sie gespannt wie eine Preisgraphik. Die Kurven der Graphiken, die ihr Vater lange eingehend betrachtete, bewegten sich wie ein unheimliches Gewimmel von Lebewesen.

Ihr Vater hatte nie vergessen können, wie ein sentimentaler Vorfahre sich ruiniert hatte, weil er vagabundierenden Künstlern gegenüber zu großzügig gewesen war. In solche Fußstapfen der Vorfahren durfte man nicht treten.

Da ihr Mann nun einmal Bankangestellter geworden war, blieb ihm nichts anderes übrig, als den Dienst eines Bankangestellten zu versehen. Sie, seine Frau, konnte ja nicht einfach sagen: »Nicht wahr, was wir hier machen, ist irgendwie traurig«.

»Wärst du als Mann geboren worden, hättest du dir sicher verschiedene Lebensarten ausgedacht, nicht?«
Bis zu seinem Tod hatte ihr Vater kein Wort über Haku verloren, der jeden Abend seine Tochter besuchte. Nicht, daß er es nicht gewußt hätte. Auch von Mayuko vernahm man kein Wort darüber. Jedesmal wenn sie sich entschied, nicht darüber zu sprechen, kam ihr in den Sinn, wie sie als kleines Mädchen Vater in der Dienstmädchenkammer verschwinden sah.
Bald nach Vaters Tod starb die Mutter. Kurz bevor sie verschied, sagte die Mutter zu Mayuko:
»Warum heiratet ihr nicht?«
»Ja, warum?« antwortete Mayuko.
»Es ist ja doch das gleiche.«
Das waren die letzten Worte ihrer Mutter, die immer so für das Heiraten war.
Wann die Kinder das Verhältnis ihrer Eltern bemerkten? Da sie so taten, als ob sie nichts merkten, ist das schwer zu sagen. Eines Tages sagte Maeko, die bis dahin nur ungern in den ersten Stock ging, plötzlich von sich aus, sie verlege ihr Studierzimmer in den ersten Stock. Worauf Mutter das Zimmer ihres verstorbenen Sohnes, Mayukos älterem Bruder, freudestrahlend für ihre Enkelin zurechtmachte.
Auch die Kinder wurden miteinander wieder gleich vertraut wie ihre Eltern, und eines Tages entflog Maeko wie ein Kranich über das Meer.
Vater ließ seine Enkelin einen Kimono anziehen,

stellte sie für eine Photographie in den Garten und sagte zutiefst gerührt:
»Maeko gleicht genau meiner Mutter, als sie jung war.«
Ihre eigenen Eltern starben, Hakus Eltern starben, aber die beiden heirateten nach wie vor nicht. Nur daß Haku jetzt meistens in Mayukos Haus wohnte und sein eigenes Haus als Arbeitsort benutzte.
Ton und seine Frau deuteten an, zurückkehren zu wollen. Sie murmelten: »Sonst steht das Haus doch nur leer«, womit sie andeuten wollten, wieso Haku nicht bald zu Mayuko ziehe. In einem ungewöhnlich scharfen Ton sagte Haku:
»Nun, es scheint das gleiche zu sein, wenn wir zusammenwohnen, aber wenn mein älterer Bruder und seine Frau in dieses Haus zurückkehren, so bringt das den Geistern der Verstorbenen irgendwie Unheil, und mir ist, als wenn dann wieder etwas passiert.«
Es sollte ein Witz sein, aber sowohl Mayumi als auch Ton, ja sogar Haku selbst konnten die Worte als indiskrete Drohung auffassen.
Haku schien sich über Mayukos und Tons Vergangenheit Gedanken zu machen. Und Mayuko fühlte immer, daß Ton deswegen Haku gegenüber besonders aufmerksam war. Mayuko dachte sogar daran, Haku den Beweis für seine Vorstellungen zu erbringen, ihm zu zeigen, daß dem so war, oder noch besser, daß dem so ist.
Einmal bemerkte Haku dazu, Nukata-no-ookimi sei klüger als Metori-no-ookimi.

Königin Nukata war eine Frau, die zwischen Prinz Naka-no-Ōe (*Kaiser Tenchi*) und seinem jüngeren Bruder Prinz Oo-ama (*Kaiser Temmu*) wechselte. Die beiden Männer stritten sich nicht, wenigstens so lange beide lebten.
Naka-no-Ōe machte einen Putschversuch und vollendete die Taika-Reform im Jahre 645. Auch Prinz Oo-ama provozierte einen Bürgerkrieg, den Jinshin-Aufstand. Solange sein älterer Bruder lebte, verschaffte er ihm sogar eine Frau, aber nach seinem Tod griff er dessen Sohn, Prinz Ootomo, an.
Hätte er ihn nicht angegriffen, wäre er wohl selbst geschlagen worden. Der Sohn seines älteren Bruders hatte Prinzessin Tōchi, eine Tochter der Königin Nukata, zur Frau. Königin Nukata hatte diese Tochter geboren, als sie mit Oo-ama verkehrte.
Kaiser Tenchi jedoch bezauberte auch Königin Nukata, die Frau seines jüngeren Bruders. Es gab sogar Gerüchte über ihn, Kaiser Tenchi, und die Gemahlin des Kaisers Kōtoku, der ihn zum Kaiser ernannt hatte. Die Gemahlin von Kaiser Kōtoku, Prinzessin Hashihito, hatte die gleiche Mutter wie Kaiser Tenchi und Kaiser Temmu; auch sie schien sich eher zum älteren Bruder (Kaiser Tenchi) hingezogen zu fühlen, als zu ihrem Mann. Als ihr Mann und Tenchi sich nicht mehr vertrugen, ließ sie, obwohl sie die Gemahlin des Kaisers war, ihren Mann im Stich und diente dem älteren Bruder Naka-no-Ōe.
Naka-no-Ōe war nach Kaiser Saimei sechs Jahre lang Kronprinz, ohne den leeren Thron zu besteigen. Die

Historiker sagen, dies sei nur dank seiner Beziehung zu Prinzessin Hashihito möglich gewesen; Prinzessin Hashihito hatte die gleiche Mutter wie er und war somit seine jüngere Halbschwester.
Als Kronprinz hat man ihm seine Beziehung zu seiner jüngeren Schwester nachgesehen, doch den Thron zu besteigen wäre ungeschickt gewesen. Jedenfalls war er ein Mann, der Frauen mit *Miko*-Qualitäten schätzte. Sei es Königin Nukata oder Prinzessin Hashihito, man hat das Gefühl, als könne man die Worte, die sie ihm zugeflüstert haben, vernehmen.
Beide waren vermutlich äußerst feinfühlig und hatten ein Gefühl für Leute, die ihren Liebhabern gefährlich werden konnten. Auch Leute, denen man besser aus dem Weg geht, hielten sie durch ihre Koketterie bei guter Laune.
Königin Nukata umschmeichelte mit ausgesuchter Höflichkeit auch Prinz Oo-ama (Kaiser Temmu), den Mann, den sie verlassen hatte. Dies tat sie wahrscheinlich für Prinz Naka-no-Ōe (Kaiser Tenchi).
Wie furchtbar ist es, sich einen mächtigen jüngeren Bruder zum Feind zu machen. Man kann sich auch vorstellen, daß Naka-no-Ōe ihre Ungebundenheit politisch ausnützte. Er gab seinem mächtigen jüngeren Bruder (Kaiser Temmu) zwei seiner eigenen Töchter, doch jener ließ sich auch von Königin Nukata umwerben.
Königin Nukata, die Naka-no-Ōe gehörte, konnte ihren früheren Liebhaber nicht vergessen, sie zeigte sich auch absichtlich mit ihm in der Öffentlichkeit.

Naka-no-Ōe war sich sicher selber nicht darüber im klaren, ob er nur so tat, als sehe er nichts, oder ob er wortlos die Frau dazu anhielt, Oo-ama zu besänftigen, oder ob alles nur aus Höflichkeit geschah.
Prinzessin Hashihito glich in einem gewissen Sinne Königin Nukata. Hat sie nicht zwischen Kaiser Kōtoku und Naka-no-Ōe (Kaiser Tenchi) gewechselt? Jedenfalls bis zum Tod von Kaiser Kōtoku verhinderte sie bestimmte Aktionen von Naka-no-Ōe, ihrem älteren Bruder und Geliebten. Nach Kōtokus Tod hat Nakano-Ōe den Sohn des Kaisers, Prinz Arima, ermordet. Das war wie ein Omen, daß auch sein eigener Sohn, Prinz Ootomo, von seinem jüngeren Bruder Oo-ama getötet werde. Was man selbst denkt, denkt auch ein anderer.
Ton und Mayumi verließ der Mut, und so zogen sie in das Haus in Kamakura. Haku ließ das Elternhaus auf seinen Namen umschreiben, Ton übernahm das Haus in Kamakura.
Nachdem die Häuser überschrieben waren, sagte Mayumi zu Haku:
»Heiratest du Mayuko nicht?«
Haku meinte mit einem unschuldigen Gesicht:
»Ich möchte ungeniert schöne Frauen einladen können. Und sie denkt genauso.«
Als Mayumi die Worte wegblieben, fügte Haku sofort hinzu: »Du bist eine schöne Frau.«

22

Mayuko dachte nicht daran, Haku zu heiraten. Auch wenn man verheiratet ist, denkt doch jeder an etwas anderes oder will an etwas anderes denken. Genügte es nicht, jemanden vom anderen Geschlecht zu haben, an den man sich anschmiegen konnte, wenn man sich einsam fühlte?
Gab sie sich mit einer Beziehung zufrieden, in der sie dem Mann schmeichelte oder sich von ihm hätscheln ließ, wenn sie sich an jemanden kuscheln wollte, so konnte sie sich auch leichter damit abfinden, falls etwas schief ging. Da sie aber nicht alleine leben konnte, kam es auf das gleiche wie eine Ehe heraus. Da man verheiratet leicht das Opfer des Partners wird und dann bald einem Verfolgungswahn verfällt oder von Pflichtgefühl getrieben Unmögliches versucht, dünkte es sie, es sei besser, nicht zu heiraten.
Haku, der sich ununterbrochen seltsame Sachen ausmalte und sie aufschrieb, war auf eine Art geisteskrank. Doch er paßte gut zu Mayuko, die sich nur für geistige, gestaltlose Veränderungen interessierte. Sie hatte das Gefühl, ein unschuldig spielendes Kind neben sich zu haben.
Sie selbst unterrichtete nebenbei einige Ausländer, die ihr einer nach dem andern von einer amerikanischen Wissenschaftlerin vorgestellt worden waren, in Japanisch. Dann wieder wirkte sie bei der Übersetzung einer Einführung in ausländische Kunst mit, die Haku mitgebracht hatte.

Die Literaten, mit denen er verkehrte, traf Haku in seinem Haus oder auswärts, deshalb hatte Mayuko auch keinen Kontakt mit ihnen. Sie wußte nicht, worüber sie sprachen, aber hie und da machte sie sich Sorgen, ob nicht vielleicht eine Redakteurin oder eine Schriftstellerin zu ihm komme. Und dennoch, ein Mann, der sein Interesse an Frauen zeigt, ist doch normaler als ein Mann, um den gar keine Frauen sind. Nicht, daß Mayuko selbst kein Interesse an anderen Männern gehabt hätte, nur fühlte sie sich im Moment bei Haku irgendwie geborgen. Die Erinnerung an die gemeinsame Vergangenheit bildete eine interessante Brücke; schrieb Haku seltsamen Blödsinn auf sein Manuskriptpapier, bekam sie Lust, etwas hinzuzufügen. Auch wenn sie in Wirklichkeit nichts hinzufügte, hatte sie das Gefühl, die Schriftzeichen würden weiterfließen, wenn sie daneben sei.

Die Vorstellung, eine andere Frau würde ihn wahrscheinlich auf eine andere Art beeinflussen, quälte sie. Andererseits fühlte sie auch, daß sie sich nicht zu sorgen brauchte, solange das, was ihn bewegte, mit ihr verbunden war.

Schweiften seine Augen mal zu einer Frau ab, die sich nicht so gut um ihn kümmern konnte wie sie, könnte sie das verzeihen, erschiene jedoch eine Frau, die nur ein bißchen geschickter wäre als sie, würde ihr Herz wohl wie ein böser Geist in Aufregung geraten. Überlegte man es sich so, war im Gegenteil sie es, die sich so benahm, daß Haku sich beunruhigen mußte, denn von Zeit zu Zeit telefonierte sie mit Ton.

Bei solchen Gelegenheiten war es von Vorteil, ein eigenes Haus zu haben, denn Mayuko plauderte jeweils lange mit Ton. Sie malte sich aus, Mayumi befände sich in seiner Nähe und werde zusehends nervöser, und das fand sie interessant.
Aus irgendeinem Grund störte sich Mayuko nicht mehr an Tons früherem merkwürdigen Benehmen. Es hat ja auch keinen Sinn, sich über einen Hund zu empören, der vom Garten aus die Leute anstarrt. Wenn er so ein Mann war, dann erwartete sie von ihm, daß er ihr kein Gehör schenkte und sie nicht ernst nahm, wenn sie mit ihm anscheinend bedeutungsschwere Telefonate führte. Sie spürte, er würde dieses Talent haben, wenn sie es von ihm erwartete.
Bei solchen Gelegenheiten machte ihr Ton Komplimente wie: »Haku ist nach der Heirat in jenes Haus gezogen, da er in deiner Nähe sein wollte.« Mayuko fühlte sich geschmeichelt. Vielleicht hörte Mayumi in der Nähe mit, und er bemühte sich, beide Frauen zufriedenzustellen.
Nach solchen Telefongesprächen fing Mayuko meist plötzlich an, sich Sorgen zu machen, ob Haku auch allein zu Hause sei. Die Wahnvorstellung machte sich breit, eine andere Frau befände sich bei ihm.
Sie fühlte sich von dem Verlangen gedrängt, Hakus Haus zehn-, zwanzigmal mit einem Schlüssel abzuschließen. Sie lief wirklich weg und betrat durch die Glastüre im Garten sein Haus. War sie verschlossen, klopfte sie so fest an die Türe, daß man es in der ganzen Nachbarschaft hören konnte. Obwohl sie

auch den Schlüssel für den Haupteingang seines Hauses besaß, liebte sie dieses Vorgehen.
Kam Haku heraus, packte und schüttelte sie ihn und schrie:
»Ich, ich heirate dich nicht, aber ich binde dich fürs Leben. Ich mache dich zum Sklaven, und wenn du mir nicht mehr gefällst, bringe ich dich um. Ich dachte schon lange daran, einmal jemanden zu töten.«
Worauf Haku die Augen schloß, als wolle er sich mit dem Gedanken vertraut machen, und sagte:
»Da kann man nichts machen. Wenn du jemanden umbringen willst, wirst du ihn wohl umbringen.«
Mayuko überlegte sich, ob sie wirklich etwas, das so viele Komplikationen mit sich bringt, tun würde; dabei spürte sie, wie das Blut, das ihr in den Kopf gestiegen war, wieder zurückging. Während sie es mit Gewalt zurückrufen wollte, sagte sie mit theatralischer Stimme:
»Genau, irgendwann verwirklicht man seine Träume.«
Während sie dies sagte, raffte sie sich selbst noch einmal dazu auf, zu glauben, daß so etwas möglich sei.
»Ob du mich heiratest oder nicht, du bist nicht mehr frei.«
»Ich weiß es«, sagte Haku widerwillig. Als sie sein Gesicht betrachtete, dachte Mayuko, er glaubt bestimmt, er sei frei.
»Du hast dich hier selbst eingeschlossen und an eine andere Frau gedacht.«

»Darüber nachzudenken wird schon mal vorkommen; was bedeutet das schon für dich?«
»Ich möchte dein Haus in Feuer legen. Umbringen will ich dich.«
»Nun, dann töte mich lieber gleich jetzt. Dann kann ich über nichts mehr nachdenken«, sagte Haku verschmitzt lächelnd, »ich möchte eigentlich nicht mehr länger leben.«

23

War sie allein zu Hause, fühlte sich Mayuko wie in einem hohen Turm eingeschlossen, von dem sie nicht herunter konnte.
Während des Krieges, als sie allein, ohne Mutter und älteren Bruder, zu Hause war, kam sie sich genauso vor. Damals phantasierte sie heimlich.

Einmal wird ein mutiger und schöner Mann mir zu Hilfe kommen. Ich werde meine langen Haare zusammenflechten und sie vom Fenster aus hinunterfallenlassen, dachte sie.
Der Jüngling kletterte an ihren Haaren herauf; diesen Schmerz erduldete sie, ohne mit der Wimper zu zucken, ja, sie hielt ihn für ein unsagbares Entzükken. Sie lehnte sich aus dem Fenster, mit aller Kraft in den Halswirbeln mußte sie das Gewicht des Jünglings abstützen.
Sie konnte im Turm nur überleben, weil sie diesen Jüngling, der zu ihr heraufgeklettert kam, sehen

wollte. Es war ein steinerner Turm ohne Treppe mitten in der Wildnis.
Eines Tages endlich kam Haku heraufgeklettert. Er nahm ihr geflochtenes Haar fest in seine Hände und ließ sie Stück für Stück hinuntergleiten.
Sobald ihre Füße die Erde berührten, band er das Haarende am Fensterrahmen fest und kletterte an diesem Haarseil herunter. Dann schnitt er das Haar mit einem Streich an der Wurzel ab.
Sie nahmen sich an den Händen und stürmten auf das Feld hinaus; von da an hatte sie den Turm vergessen.
Aber all die Zeit gingen ihr die im Turm verträumten Tage nicht aus dem Sinn. Schließlich wollte sie in den Turm zurück, um ihre Wunschbilder noch einmal zu sehen.
Sie ging an den Ort, wo der Turm sich befunden hatte, aber es war keine Spur mehr davon zu entdecken.
Sie flehte Haku inständig an, den Turm noch einmal zu erbauen und sie darin einzusperren, aber er lachte nur und kümmerte sich nicht darum.
Solch einen Turm gibt es nur im Märchen. Sie wollte eigentlich gar nicht von diesem Turm herunterkommen. Es genügte, wenn er jeden Tag den Turm bestieg. Diesen heraufkletternden Jüngling zu sehen, nur das war noch der Sinn ihres Lebens.
Doch wo war das Gefühl der Spannung, als sie ihr Haarseil hinunterließ? Wo blieb die Freude beim Aushalten seines Gewichtes?
Jedesmal wenn sie die Türe öffnete und ausging, dachte Mayuko daran.

24

Ton und Mayumi waren in Matsue, Mayumis Heimat, gewesen. Als Mitbringsel brachten sie eine einfache, längliche Süßigkeit aus Bohnen und Kastanien mit, die mit Zucker bestäubt und in ein Geflecht aus Bambusstäbchen eingewickelt war.

»Es heißt: In Tsumagome bei Izumo Yaegaki türmen sich acht Wolken. Und wirklich, man hat das Gefühl, daß sich in der Nähe von Matsue die Wolken aufeinander türmen.«

Haku wechselte das Thema:

»Hmm ... ich war auf der Insel Taketomi, südlich von Okinawa, bei der Insel Ishigaki ... Dort habe ich viele alte Göttersagen wie die von Izanagi und Izanami gehört. Es gibt dort Sagen wie die von Himiko und Amaterasu Oomikami, oder solche wie die von Tajikarao-no-mikoto, der die himmlische Felsentüre öffnete. Ich dachte, die Geschichte sei etwa zweitausend Jahre alt, aber dieser Tajikarao-no-mikoto soll in Wirklichkeit der Urgroßvater eines dortigen Stammes gewesen sein. Die Geschichte erzählt, wie der Stamm mit der Meiji-Regierung verhandelte, wie er zum Shimazu-Clan von Satsuma und dem Qing-Kaiser stand.

Nicht nur bei den Berichten von *Hieda-no-Are*, bei allen Geschichten verhält es sich wohl so.

Auch unter den indischen und koreanischen Göttersagen gibt es Geschichten wie im Kojiki.

Anscheinend ist man sich ja auch nicht sicher, ob die

Izumo-Göttersagen sich auf das heutige Izumo beziehen oder nicht. Jedenfalls hat man in der Gegend des heutigen Izumo keine Ausgrabungsgegenstände gefunden, die eine Erklärung für die Legenden geben. Anscheinend gibt es auch eine Theorie, die besagt, die Legenden seien erst später aus Opportunismus erfunden worden.«

Ton widersprach:

»Sei es Opportunismus, Phantasie oder Idealismus – genügt es nicht, wenn die Geschichten irgendeine Beziehung zur Wirklichkeit haben? Ist einmal ein Mythos entstanden, kann man endlos darüber phantasieren, wie die Geschichte, die diesem Mythos zugrunde liegt, gewesen sein mag, und man kann auch wieder ähnliche moderne Mythen hinzufügen.

Wenn man mit dem Shinkansen bis Okayama fährt, dann weiter auf der Hakubi-Linie in die Sanin-Gegend, und dabei die Dörfer im Talgrund betrachtet, sieht man wirklich Menschen aus alten Zeiten auf den Straßen dahinziehen.«

»Das mag schon sein. Auch wenn nicht feststeht, daß die alte Landschaft Ashiware-no-Nakatsukuni, die von *Ookuni-nushi* und *Oonamuji* vom Izumo-Clan beherrscht wurde, das heutige Izumo ist, kann man anhand der Ausgrabungsgegenstände an der Straße, die von Kibi nach Hinter-Japan führt, sagen, daß die Menschen im Altertum Interesse an der Gegend gehabt haben.

Die Geschichten von *Yamatotakeru* und Izumotakeru sind lange nicht so alt wie die Überlieferungen von Susanoo oder Ookuni-nushi. Was dann die Leute nach über tausend Jahren schließlich schriftlich festgehalten haben, das kommt mir alles zusammen gleichzeitig und durcheinander in den Sinn«, murmelte Haku vor sich hin.

»Nein, auch wenn keine tausend Jahre vergehen, machen die Menschen aus ihrer Lebensgeschichte ein zeitloses Gemisch aus Eigenem und Gehörtem und glauben, ganz wie es ihnen paßt, entweder dies alles sei Selbst-Erlebtes oder es habe nichts mit ihnen zu tun.«

Ton versuchte Haku dazu zu bringen, ein Theaterstück über Susanoo zu schreiben. Er wollte es selbst inszenieren und mit Mayumi als Prinzessin Kushinada aufführen.

Alle Schauspieler scheinen irgendwann einmal selbst inszenieren zu wollen.

»Mayumis Großmutter wohnt im Dorf Yokota am Oberlauf des Flusses Kai. War es nicht gerade dort, wo Susanoo Prinzessin Kushinada getroffen hat? Die Alte ist nicht Mayumis Mutter, sondern ihre wirkliche Großmutter.

Obwohl sie fünfundachtzig wird, wohnt sie ganz allein in einem großen Haus in den Bergen. Aber ihre vier Söhne, die in Matsue, Izumo und anderswo wohnen, kommen abwechselnd vorbei, um nach ihr zu schauen.

Angeblich kam diese Großmutter mit dreizehn als Braut ins Haus. Sie spielte anfangs jeden Tag mit dem

Ball. Um zehn Uhr und um drei Uhr erhielt sie von der Schwiegermutter eine Vesper.
Mit sechzehn hat sie ein Kind geboren. Das war Mayumis Mutter. Dies hört sich wie eine friedliche Geschichte an, aber wie war es wohl in Wirklichkeit gewesen? Ich kann mir auch vorstellen, daß sie schlecht behandelt wurde und viel geweint hat.
Doch diese Großmutter hatte einen sehr zufriedenen Gesichtsausdruck. Man hatte gerade das Gefühl, als ob eine Hortensie aus irgendeinem Grund zur Trokkenblume geworden sei«, sagte Haku.
»Eine unbeschreiblich schöne und dezente Farbe, ein helles Violett oder Karmesinrot, blieb am Grund der vertrockneten Blütenblätter zurück.
Obwohl sie vom sechzehnten Jahr an nacheinander sieben Kinder gebar.«
Noch vor siebzig Jahren hat man ohne weiteres sieben Kinder zur Welt gebracht. Heute glaubt man so etwas kaum. Wenn man so lebt, werden die Menschen wohl zu schönen Trockenblumen.
»Nun, was meinst du, Mayuko, gehen wir nicht einmal alle zusammen nach Izumo?«
Ton schien zu glauben, Haku würde neue Ideen entwickeln, wenn er ihn nach Izumo lockte.
»Tja, Izumo.«
Haku zeichnete Wolken auf das Manuskriptpapier, dann Hiragana-Silben, wohl mit der Absicht, Gesichter zu zeichnen.
»In Izumo türmen sich wirklich die Wolken. Ich weiß nicht, ob das durch die Bergketten, die Flußebenen

oder das japanische Meer kommt – wenn man die sich aufeinandertürmenden Wolken sieht, versteht man den Ausdruck ›acht Wolken türmen sich auf‹.«

»Hmm...«

Haku malte unverändert seine Kringel.

»Die Einheimischen nennen die Prinzessin Kushinada Prinzessin Reisfeld. Das bedeutet, daß der Reis produzierende Clan anscheinend gegen den Clan von Yamata-no-Orochi stand, der heimlich das Schwert führte.«

»Hmm...«

Haku zeichnete unverändert seine Kringel.

»Auf alle Fälle möchte ich, daß du das Gesicht von Mayumis Großmutter siehst. Sie sieht wie Tenazuchi, die Mutter von Prinzessin Kushinada, aus.«

»Sieht sie Mayumi ähnlich?«

Da Haku dies erwähnte, erinnerte sich Mayuko an die Geschichte mit ihrer eigenen Großmutter.

»Sie meinte, unter ihren Enkelkindern gleiche ihr Mayumi am meisten und daß sie sie deshalb besonders lieb habe. Es ist ein großes Haus, in dem vier Leute ohne weiteres übernachten können. Ihre Söhne sind ohne Sorgen, wenn Besucher bei ihr sind, die übernachten.«

»Ach so«, antwortete Haku und betrachtete die Wolken am Himmel.

»Ich denke mal darüber nach. Da sind noch andere Arbeiten.«

Mayuko hatte den Eindruck, Haku sei nicht allzu sehr beschäftigt.

»Ein gewisser Harada Dairoku sagt, *Ashinazuchi* und *Tenazuchi* seien Stammeshäuptlinge gewesen, die Nazuchi besänftigt und magische Gegenstände für Reinigungszeremonien gebraucht hätten.
Dieser Mann betreibt Archäologie im Selbststudium. Da er nicht wie ein normaler Gelehrter verschiedentlich Rücksicht nehmen muß, ist seine Vorstellungskraft ungebunden und interessant. Was er auch sagt, die Gelehrten nehmen ihn nicht ernst; er wird dann wütend auf sie und schweigt, worüber die Gelehrten zynisch lächeln.
In der Präfektur Okayama scheint man irdene Gegenstände der *Yayoi-Zeit* in der Form von Gewichten gefunden zu haben, mit dem Gesicht von Nazuchi aufgemalt. Diese Gegenstände wurden anscheinend bei Reinigungszeremonien und zum Besänftigen von Menschen gebraucht. Die Eltern der Prinzessin Kushinada, Ashinazuchi und Tenazuchi, waren angeblich ein Magierehepaar gewesen, das solche Schmeichelsteine benutzte.«

»Ach, wie erstaunlich. Aber ist es nicht auch interessant, daß ein moderner Japaner wie dein älterer Bruder Ton glaubt, Mayumis Großmutter sei ein Mensch wie Tenazuchi«, sagte Mayuko im Bestreben, zwischen den beiden zu vermitteln.

»Das mag sein«, fügte Haku hinzu und malte weiter seine Wolkengruppen auf das Manuskriptpapier.

»Dieser Herr Harada behauptet außerdem, Susanoo sei ein Taifun oder Orochi sei der Lichterzug einer Totenfeier in dunkler Nacht und dergleichen. Oder

Ookuni-nushis Izumo-Clan sei ein Stamm, der Bronzeglocken verehre.«

»Auch wenn dem so war, daraus ist die Geschichte von Susanoo, Orochi und Prinzessin Kushinada entstanden. Beim Anblick des heutigen Izumo sagt man sich: wirklich, das ist das Land, wo die Wolken sich auftürmen; oder beim Oberlauf des Kai-Flusses: wirklich, hier erstrecken sich die acht Berge, aus denen Yamata-no-Orochi hervorzukommen scheint. Und stellt sich viel später jemand vor, das Schmelzwasser des Kai, der sich durch die Berge schlängelt, habe die fruchtbare Erde geschaffen und Prinzessin Reisfeld sei dort, so entstehen solche Geschichten.

Dann ist es auch gleichgültig, ob Mayuko oder Mayumi die Prinzessin Kushinada ist.

Yamatotakeru und Susanoo sind sich ähnlich; beide sind furchtbar gewalttätig ... und zudem soll Yamatotakeru später Izumo angegriffen haben.

Das Schwert Ama-no-Murakumo kam aus Yamata-no-Orochis Bauch hervor und wurde dann zum Schwert Kusanagi, das Yamatotakeru benutzte.

Zuerst hielt ich Yamatotakeru nämlich für schrecklich und Susanoo für rücksichtslos – aber wie er Izumotakerus Schwert mit einem hölzernen Schwert austauscht und ihn meuchlings ermordet und wie er als Frau verkleidet die Kumaso fertig macht, da hab' ich doch Mitleid mit den so Übertölpelten bekommen. Schließlich stirbt er aber doch auf eine tragische Weise.

Und außerdem, sind Taifune und Menschen denn so

verschieden? Sie wüten sinnlos herum, mähen alles nieder und werden traurig«, sagte Ton beredt, indem er sich auf Hakus Geschichte von Yamatotakeru einstellte und ihm so zu schmeicheln versuchte.
Haku malte Regen unter seine Wolkenhaufen, doch plötzlich stand er auf, zerknüllte das Manuskriptpapier und warf es fort. Mürrisch sagte er:
»Vielleicht schreibe ich es, vielleicht nicht. Wenn ich es schreiben will, schreibe ich es so, wie es mir gefällt.«
Durch Hakus schlechte Laune wurde Mayuko kleiner, zuckte ihre Schultern und dachte »Der Arme!«. Sie hatte vor, Tōfu im Heißwasserbad zu machen und erhob sich von ihrem Platz.
Während sie den Tōfu zubereitete, stellte sie sich vor, wie Haku sich jetzt wohl darüber aufregte, daß er sich aufgeregt hatte. Er muß ja nicht unbedingt Geschichten über Susanoo oder Taifune schreiben.
Mayuko wurde allmählich klar, daß Mayumi sie irgendwie nicht mochte. Sie begriff auch, daß Haku sich für Mayumi interessierte, obwohl er nichts mit Tons Arbeit zu tun haben wollte.
»Wie wär's, wenn du es selbst schreibst?«, sagte Haku zu Ton.
»Am besten ist es, es selbst zu schreiben«, sagte Mayuko weder zu sich noch zu Ton.
Plötzlich war es Mayuko, als stecke sie mit Haku unter einer Decke, und sie bedauerte Ton, der ein Gesicht machte, als sei er ausgeschlossen worden.
Ton versuchte, Haku von seinen Ideen zu überzeu-

gen, doch er hatte keinen Erfolg. Mayumi war es peinlich; sie schien an etwas anderes zu denken.
Hätte Mayumi von einer ganz anderen Richtung her Hakus Aufmerksamkeit auf sich gezogen, überlegte Mayuko damals flüchtig, hätte sich Hakus Phantasie anders entwickelt, und vielleicht wäre dabei ein gutes Werk entstanden.
Sie erinnerte sich an ganz früher, an Mayumis Ehemann, wie unfreundlich sie ihn behandelt hatte, und das Herz tat ihr weh. Sie hegte so etwas wie Feindseligkeit gegenüber Mayumi, und trotzdem fühlte sie sich einsam und verlassen, als ob sie nicht mehr zwischen sich und anderen unterscheiden konnte.
Sie wollte Ton, der sich alleingelassen fühlte, die Hand geben. Doch in diesem Fall blieb ihr nichts anderes übrig, als sich ganz auf Hakus Seite zu stellen. Wenn wenigstens Mayumi mehr mit Ton kokettieren würde, dachte sie nervös. Mayuko sann über die Beziehung der beiden nach: Mayumi schien als Schauspielerin mehr Erfolg zu haben; doch hatte sie es nicht auch Ton zu verdanken, daß sie berühmt wurde? Mayuko spürte Tons Einsamkeit in sich.
Als sie jedoch um den Topf mit heißem Wasser saßen und Tōfu aßen, kam irgendwie wieder Stimmung auf, sie bemühten sich alle vier, den zwischen ihnen zerrissenen Faden erneut zu knüpfen. Mayumi lachte jetzt fröhlich und verstand es recht geschickt, ihre Geschlechtsgenossin nicht aufzuregen.
Nun wurde Mayuko auch die Stimmung am Yamato-Kaiserhof verständlich, der zuerst den Izumo-Clan

vernichtet hatte, um dann den großen Schrein von Izumo zu bauen, und Leute wie Susanoo ihr Unwesen treiben ließ.

Als Haku den Fernseher einschaltete, war gerade von den Dynastien im Altertum die Rede. Das riesige Grab des Kaisers Nintoku füllte den Bildschirm, es war von einem Flugzeug aus aufgenommen, und der Blickwinkel veränderte sich langsam. Während sie dachte, das ist nun das Grab des Mannes, der Metori-no-ookimi und Hayabusawake-no-mikoto umgebracht hat, sah sie wie eine Ameisenprozession die Beine der Menschen, die die Erde für den Grabbau herbeischleppten, vor sich.

An jenem Abend wütete ein fürchterlicher Taifun. Eine Fensterscheibe zerbrach, und Mayuko klammerte sich die ganze Nacht fest an Haku.

25

Als sie am Morgen aufstand, las Haku die Zeitung. Mayuko erinnerte sich an die Zeiten, als ihr Mann oder ihr Vater Zeitung lasen.

Früher, als es noch keine Zeitungen gab, mußten die Männer ins Freie gehen, um zu schauen, was sich auf der Welt zugetragen hatte. Aber konnten sie mit ihrer eigenen Kraft etwas ausrichten, nachdem sie gesehen hatten, was passiert war?

Haku ging ins Museum. Er war inzwischen Angestellter in einem Kunstmuseum geworden, das einer Stiftung gehörte. Mayuko war beunruhigt beim Gedanken, daß Haku dort mit anderen Menschen zusammen war. Vielleicht träumt er dort nur vor sich hin, doch von Zeit zu Zeit wird er wohl mit jemandem einen Schwatz halten. Über einen Hotelbrand oder über einen Flugzeugabsturz.

Als sie den Fernseher andrehte, war Mayumi zu sehen. Es war ein langweiliges Drama, aber sie weinte und schrie. Mayumi runzelte ihr Gesicht, das nun aussah wie ein Stück Abfallpapier, das man zerknüllt.

Gegen Mittag kam eine Ansichtskarte von ihrer Tochter Maeko: Sie lese einer alten Frau aus der Zeitung oder aus der Bibel vor und sei ihr Gesprächspartner, schrieb sie. Zwei Stunden pro Tag mache sie diesen Job. Die alte Frau hat wohl weder eine Tochter noch Enkelkinder.

Sollte sie auch welche haben, dachten die Kinder wohl nicht daran, sich um ihre alte Mutter zu kümmern. Sie fühlte sich ihr ganz nahe, und falls sie im Alter noch ein wenig Geld haben würde, spürte sie, würde sie es genauso machen wie diese alte Frau.

S. 8 *mochi:* kleine Reiskuchen aus gestampftem Klebereis.

S. 11 *Susanoo:* Shintō-Gottheit, jüngerer Bruder von Amaterasu. Susanoo richtete in den himmlischen Gefilden (*Takamagahara*), wo Amaterasu herrschte, viel Unfug und Unheil an. Er wurde nach Izumo verbannt, wo er die achtköpfige Hydra Yamata-no-Orochi tötete und Prinzessin Kushinada zur Frau bekam.

Amaterasu: Shintō-Gottheit der Sonne und des Lichts. Die japanischen Inseln gehörten ebenfalls zu ihrem Herrschaftsbereich, wurden jedoch nach und nach von Susanoo und seinen Nachkommen in Anspruch genommen, die sich in Izumo installierten. Um ihre Herrschaftsansprüche wiederherzustellen, sandte Amaterasu ihren Enkel Ninigi mit den drei Symbolen kaiserlicher Macht (Schwert, Spiegel und Juwel) auf die Erde herab. Das heutige japanische Kaiserhaus stammt somit der Legende nach von Amaterasu ab.

Yamata-no-Orochi: das achtköpfige Ungeheuer, welches Susanoo in Izumo besiegte, indem er ihm in acht Kübeln Sake zu trinken gab und dann der Reihe nach seine beschwipsten Köpfe abschlug.

Sukuna-Bikona: Shintō-Gottheit, die Susanoo half, seine Herrschaft über das Land Izumo herzustellen, bevor Ninigi vom Himmel herabstieg. Er lehrte die Menschen Zauberei und Medizin.

S. 14 *Kichijōji:* Stadtteil im Westen Tōkyōs, war früher bewaldet und hieß Musashino.

S. 15 *Konflikt mit China:* gemeint ist der Krieg mit China, der am 7. Juli 1937 begann. Japan hatte bereits 1931 die Mandschurei besetzt.

Prinzessin Kushinada: wurde die Frau von Susanoo, nachdem dieser das achtköpfige Ungeheuer Yamata-no-Orochi besiegt hatte; wird auch Prinzessin Inada (Reisfeld) genannt.

S. 18 *Kojiki:* die älteste japanische Chronik und Mythologiesammlung, verfaßt im Jahre 712.

Kaiser Nintoku: der 16. Kaiser Japans, regierte 313-399; gilt in Japan als einer der populärsten Herrscher, da er sich für das Wohlergehen seiner Untertanen einsetzte.

S. 22 *Tosa-Hund:* japanischer Hund aus der alten Provinz Tosa (heute Provinz Kōchi) auf der Insel Shikoku; eine Bulldoggenart. Der Tosa-Hund ist groß, muskulös und kämpferisch.

S. 31 *Furoshiki:* ein viereckiges Tuch aus Baumwolle oder Seide zum Einwickeln und Tragen von Gegenständen.

S. 52 *Urashimatarō:* Held einer volkstümlichen Erzählung, Sohn eines Fischers, der den Drachenpalast auf dem Meeresgrund besucht; als er nach drei Jahren in sein Dorf zurückkehrt, stellt er fest, daß dort dreihundert Jahre vergangen sind. Urashimatarō öffnet darauf wider guten Rat sein Geschenkkästchen, wird auf der Stelle alt und stirbt.

S. 53 *Biwa:* viersaitige Baßlaute; vor allem blinde Musiker trugen unter Biwabegleitung Kriegshistorien vor.

Taira Atsumori: 1169-1184, Angehöriger der mächtigen Taira-Familie, die mit den Minamoto um die Macht kämpfte. Die Taira erlitten 1184 bei Ichinotani die entscheidende Niederlage. Nach der Flucht der Taira wurde dem zurückgebliebenen Taira Atsumori von Kumagaya Naozane ein Zweikampf gewährt; Taira Atsumori verlor sein Pferd und wurde von seinem Gegner enthauptet.

S. 59 *Tokonoma-Nische:* eine erkerähnliche Wandaussparung im japanischen Zimmer, die man mit einem der Jahreszeit entsprechenden Rollbild oder Ikebana-Blumengesteck schmückt.

S. 78 *Kendō:* Weg des Schwertes, neben anderen vom Zen-Buddhismus beeinflußten Wegen (Weg des Tees, Blumenweg, Kalligraphie, Weg des Kriegers usw.) ein Mittel zur Selbsterkenntnis und Persönlichkeitsbildung.

S. 109 *Tasche mit Geschenken:* bei einer japanischen Hochzeit bekommen die Gäste vom Brautpaar Geschenke, die sie in schönen Papiertaschen mit nach Hause nehmen.

S. 124 *Kaiser Tenchi:* der 38. Kaiser Japans, regierte von 662-671. Folgte im Alter von 36 Jahren seiner Mutter auf den Thron; unter seiner Herrschaft zogen sich die Japaner von der koreanischen Halbinsel zurück.

Kaiser Temmu: der 40. Kaiser Japans, Bruder von Kaiser Tenchi, regierte 673-686. Wurde während der Regierungszeit seines Bruders zum Thronfolger bestimmt. Als dann aber Tenchis Sohn die Nachfolge antrat, erhob sich Temmu, entfachte einen Bürgerkrieg (Jinshin no ran, 672) und übernahm die Herrschaft. Zum erstenmal seit Jahrhunderten verfügte ein Oberhaupt der kaiserlichen Familie selbst über genügend Gewalt, um eine wirkliche Führung auszuüben.

S. 125 *miko:* »das erlauchte Kind« der Gottheit, ein in Shintō-Schreinen dienendes Mädchen, das, als Medium »von der Gottheit besessen«, im Traum oder in Trance Orakel von sich gab.

S. 133 *Hieda-no-Are:* eine alte Frau mit wunderbarem Gedächtnis. Im Jahre 711 befahl Kaiserin Gemmei, alles was Hieda-no-Are über alte Überlieferungen wußte, aufzuschreiben, woraus das *Kojiki* entstand.

S. 134 *Ookuni-nushi:* Sohn von Susanoo, wird auch *Oonamuji* genannt; er lebte in Izumo und herrschte über die Gegenden San'yō und San'in.

Yamatotakeru: berühmter Held, dritter Sohn des Kaisers Keikō (71-130). Im Alter von 16 Jahren wurde er beauftragt, die Rebellion der Kumaso auf der Insel Kyūshū niederzuschlagen. Yamatotakeru verkleidete sich als Frau, wurde dem Kumaso-Häuptling vorgestellt und tötete ihn.

S. 138 *Ashinazuchi* und *Tenazuchi*, Vater und Mutter der Prinzessin Kushinada. Bereits sieben ihrer Töchter wurden von dem Seeungeheuer Yamata-no-Orochi verschlungen; sie versprachen Susanoo ihre letzte Tochter als Frau, wenn er das Seeungeheuer besiege.

Yayoi-Zeit: prähistorische Epoche in Japan, dauerte ca. von 300 v. Chr.-300 n. Chr.; Bronze-Eisen-Zeit.